Gustav von Moser

Die Raben : Charakterbild in drei Akten

Gustav von Moser

Die Raben : Charakterbild in drei Akten

ISBN/EAN: 9783743695016

Hergestellt in Europa, USA, Kanada, Australien, Japan

Cover: Foto ©Andreas Hilbeck / pixelio.de

Weitere Bücher finden Sie auf **www.hansebooks.com**

Die Raben.

Charakterbild in drei Akten.

Nach dem Russischen des Alexandrow

bearbeitet von

G. von Moser.

Den Bühnen gegenüber Manuscript.

Die Verfügung über das Aufführungsrecht ist der Deutschen Genossenschaft
dramatischer Autoren und Componisten zu Leipzig übertragen.

—×—

Leipzig,

Druck von Ferber & Seydel.

1877.

Personen:

Johann Wassiljewitsch, Oberst a. D.

Michael Wassiljewitsch, dessen Bruder, Gutsbesitzer.

Helene, dessen Frau.

Dorothea Progalinof, Wittwe, Verwandte des Wassil=
jewitsch.

Boris, deren Sohn.

Graf Wladimir Liutin, Landrath.

Katharina, Näherin.

Paul Szuschkin, Schreiber.

Andreas, Kammerdiener.

Verschiedene Diener.

Die Handlung spielt auf einem Gut in Rußland.

Erster Akt.

Großes Zimmer. Herrschaftlich und luxuriös eingerichtet. Vorn rechts ein Fenster. Rechts und links Thüren. In der Mitte große Flügelthür, die offen steht und Durchblick in einen andern Salon gewährt. Rechts und links Etablissements. Die Möbel sehr reich. Palmen, Statuen, Bilder. — Rechts und links vom Zuschauer aus.

Erste Scene.

Dorothea. Boris.

Dorothea (sitzt rechts).

Nun Boris — Du erzählst mir ja gar nichts?

Boris (sitzt links und macht Notizen in einem Notizbuch).

Gleich, liebe Mutter. Ich habe hier einen Ueber= schlag gemacht — so ganz oberflächlich — nach meiner Ansicht ist das Gut mehr wie 200,000 Rubel werth.

Dorothea.

Ich gestehe — ich dachte an eine größere Summe.

Boris (steht auf).

Das heißt — ohne Fabriken — Mühlen und der= gleichen — das kann man nicht taxiren — die können ebensoviel werth sein.

Dorothea.

Aha! — (steht auf, nachdem sie sich umgesehen). Hat er Dir

nichts gesagt — keine Vermuthung, wie die Erbschaft getheilt werden wird?

Boris (ebenso).

Der Onkel mir etwas sagen — liebe Mutter, zwei Stunden bin ich mit ihm herumgegangen — ich sah seinen Augen an — wie er Alles betrachtete — so gierig — so lüstern — so als wenn er sagen wollte — das würde mir ganz gut passen! Aber gesagt — kein Wort — ich sage Dir, Mutter — der Onkel ist sehr fein.

Dorothea.

Oh — ich kenne meinen Schwager. Schöne Worte auf der Zunge, (aufs Herz zeigend) aber hier sieht es anders aus.

Boris.

Wir müssen sehr vorsichtig sein, Mama.

Dorothea.

Laß ihn mir nicht zu lange allein — sieh, was er treibt.

Boris (Hut nehmend).

Ja — ich gehe! (geht).

Dorothea.

Und Boris — schicke mir den Andreas her — den alten Kammerdiener — vielleicht gelingt es mir, von dem etwas zu erfahren.

Boris.

Sogleich, liebe Mutter! (Ab durch die Mitte.)

Dorothea.

Diese Leute wissen oft mehr, wie man denkt. Er war unverheirathet — einsam — vielleicht hat er doch ein Wort fallen lassen!

Zweite Scene.

Dorothea. Andreas.

Andreas (durch die Mitte).

Sie haben befohlen, gnädige Frau!

Dorothea.

Ja — lieber Andreas — ich wollte mit Dir plaudern — über Deinen verstorbenen Herrn!

Andreas.

Der gute Herr!

Dorothea.

Du hast ihm doch gewiß sehr nah gestanden.

Andreas.

Oh — wie kein Anderer!

Dorothea.

Ich weiß — ich weiß! (setzt sich). Setz' Dich hierher — setz' Dich — ich bin keine so hochnasige Frau — wie die andern der Verwandtschaft — ich bin eine einfache Frau — setz' Dich nur!

Andreas
(der immer gezögert, setzt sich endlich sehr bescheiden).

Wenn Sie durchaus befehlen!

Dorothea.

Nun also, mein Lieber! — Gestorben! — wer hätte das gedacht!

Andreas.

Ja!

Dorothea.

Wie mich das entsetzt hat — erschreckt hat — das kann ich Dir gar nicht sagen. Der gute liebe Schwager war doch eigentlich nicht alt — etwas über 40 — war reich — hatte keine Sorgen — keine Unannehmlichkeiten.

Andreas.

Sie meinen, weil er nicht verheirathet war.

Dorothea (etwas verletzt).

Weil er ganz unabhängig war. Er hätte eigentlich noch lange leben können — der gute liebe verstorbene Schwager! Oh — ich habe ihn sehr geliebt.

(Taschentuch vor den Augen.)

Andreas (zieht das Taschentuch).

Ja — wer hätte ihn nicht lieben sollen!

Dorothea.

Aber ich hatte ein Vorgefühl, daß wir ihn verlieren würden — an demselben Tage noch sage ich zu meinem Sohne Boris „was mag denn unser lieber Schwager jetzt machen" — dabei fühlte ich, daß es mir so im Herzen zuckte, — es kam eine solche Bangigkeit über mich —

Andreas.

Der Himmel offenbart oft so etwas!

Dorothea.

Ja — ja — der Himmel! — Nun — und jetzt, mein Lieber — erzähle mir — wie ging denn die Sache eigentlich zu!

Andreas.

Plötzlich — sehr plötzlich!

Dorothea (mit Interesse).

So — also plötzlich?

Andreas.

Ja — er war eigentlich immer munter und lustig gewesen — da kam er eines Tages von einem Fest nach Hause — am andern Morgen war er mausetodt.

Dorothea (theilnehmend).

So — so! — Also ohne Vorbereitung ist er hinübergegangen.

Andreas.

Doch wohl.

Dorothea.

Einen Notar kommen zu lassen — war wohl auch keine Zeit — man giebt doch gern seinen letzten Willen kund; ich meine, ein Testament zu machen.

Andreas.

J — bewahre — da war keine Zeit! Aber ich habe mir keinen Vorwurf zu machen — ich habe ihn immer gepflegt wie ein Bruder!

Dorothea.

Wie ein Bruder! Lieber Gott — das ist kein Kunststück — was hat er für Brüder — nette Brüder!

Andreas.

Ah!

Dorothea.

Das wirst Du selbst wissen. So lange er lebte, haben sie sich nicht um ihn gekümmert.

Andreas.

Das ist wahr — die ganzen sechs Jahre haben wir nichts von ihnen gehört.

Dorothea.

Na — und jetzt kommen sie alle herangefahren. Der eine schnüffelt schon in allen Ecken herum und beguckt die Erbschaft — heut kommt der andre auch an.

Andreas.

Sind das seine leiblichen Brüder?

Dorothea.

Er war von einer andern Mutter — daher stammt auch sein Vermögen. Sie war aus einer Kaufmannsfamilie! War das ein Zank, als die gestorben war!

Andreas.

Was Sie sagen!

Dorothea.

Die Andern hatten sich eingebildet, sie bekämen etwas davon.

Andreas.

Ach so?

Dorothea.

Aber gespannt bin ich auf die Begegnung — wenn die Beiden sich heut wiedersehn.

Andreas.

Die leben also auch nicht in Frieden?

Dorothea.

Feinde — Blutfeinde — als sie ihr Erbe theilten veruneinigten sie sich auch — der eine gönnt dem andern nicht ein gutes Wort. Jahre lang haben sie sich nicht gesehn. — —

Dritte Scene.

Vorige. Johann. Boris.

Johann
(tritt durch die Mitte ein — sieht Dorothea und Andreas — hustet).

Hm — hm!

Andreas
(steht schnell auf — will fort).

Johann.

Mein guter Bruder wird gleich kommen — ist Alles bereit?

Andreas.

Alles — Herr Oberst!

Johann.

Du wirst gut thun — doch noch einmal nachzusehn!
(winkt zum Abgehn. — Andreas ab. — Zu Dorothea.)

Ja, ich bitte Sie, meine Liebe — warum thun Sie denn das?
(Boris nimmt ihm Hut und Stock ab — legt fort).

Dorothea

Was meinen Sie?

Johann.

Was soll die Unterhaltung mit dem Diener heißen?

Dorothea.

In seinen Armen ist er ja gestorben, der gute selige Schwager!

Johann.

Nun — ja — ja — aber Sie setzen sich so familiär da hin — mit einem Diener! (achselzuckend) Doch — wie es Ihnen beliebt!

Dorothea (spitz).

Ein Diener ist manchmal mehr werth wie ein Verwandter. Und dieser hat dem Schwager gedient — ihn gepflegt!

Johann.

Ja — schon möglich — wir waren nicht hier, sonst hätten wir ihn auch gepflegt. Uebrigens wird der Mann für seine Dienste belohnt werden — wir werden ihn zum Andenken an den Bruder anständig belohnen.

Dorothea
(hat höhnisch dazu gelächelt).

Boris (tritt zu ihr).

Ja, Mamachen — eigentlich hat der Onkel recht; — (macht ihr eine Bewegung des Einverständnisses) Sie, Mama sind zu gutherzig — und man vergißt oft die Lebenden über die Todten.

Johann.

Da hast Du ganz recht!

Dorothea.

Ja — was wollte ich denn erzählen? — ja — von einem Traum.

Johann.

Daß alle alten Weiber die Passion haben Träume zu erzählen. (barsch) Was hat Ihnen denn geträumt?

Dorothea.

Denken Sie — ich habe den Verstorbenen gesehn. —

Johann.

Das ist nichts Wunderbares — wir sprechen ja immerfort über ihn.

Dorothea.

Es war mir gar nicht wie ein Traum — so lebendig und leibhaftig stand er vor mir. Er winkte mir mit der Hand und sagte: „Dorothea — habe keine Angst vor mir — ich habe keine Ruhe unter der Erde, daß ich Dich bei Lebzeiten nicht so recht geschätzt habe." Können Sie sich das vorstellen?

Johann.

Es interessirt mich sehr!

Dorothea.

Darauf sage ich ihm — „ich habe nur Liebe für Dich" und winke ihm auch so — worauf er mir erwiedert — „Dorothea — ich habe keine Ruhe bis ich meinen Fehler wieder gut gemacht habe. Von meiner Mutter erbte ich eine Menge Silberzeug — Bestecke — Aufsätze," — nun — sagte er — „nimm sie zum Andenken!" Ich wollte ihm antworten „nein, nein — ich danke Dir" — aber wie ich hinsehe war er verschwunden.

Johann.

Nun — wir werden heut das Testament eröffnen. —

Dorothea.

Es existirt ein Testament?

Johann.

Allerdings — wir werden es eröffnen, lesen und

wenn etwas von dem Silberzeug darin steht, werden wir
Ihnen Alles verabfolgen.

Dorothea.

Ich erzähle es Ihnen nur, weil es süß ist und für
mein Herz erquickend, daß er an mich gedacht hat — was
da das Testament!

Johann.

Ja — süß mag es sein — aber meine Liebe — wie
die Gesetze bei uns sind — da hat der Verstorbene keine
Rechte mehr. Was er bei Lebzeiten geschrieben hat —
da auf's Papier — das ist heilig — ist er aber todt —
basta — erscheine Du wem Du willst — disponire Du,
wie Du willst — vor Gericht wird das nicht anerkannt.

Dorothea.

Wie können Sie so sprechen? — wenn er nun ver=
gessen hat das zu schreiben!

Johann.

Vor Gericht gilt das nicht — das kann kein Mensch
beweisen — hat er es so gewollt oder nicht.

Dorothea.

Ja — wenn er nun im Grabe keine Ruhe hat. —

Johann.

Meine Beste — da können Sie noch andre Visionen
haben. Am Ende träumt es Ihnen, daß er Ihnen das
ganze Vermögen hinterließ — da sollen wir's Ihnen denn
gleich geben (mit Hohn) nicht wahr?

Boris.

Aber Mamachen — es lohnt sich ja nicht jetzt darüber
zu sprechen und zu streiten — warum? — damit die
Menschen sagen „da sind die Raben herangeflogen die
Beute zu theilen — da krächzen sie." — Nein, nein —
Gott sei Dank — wir haben ja zu leben — wenn es

auch nicht zuviel ist — und wir sind ja eigentlich nur hergekommen, um das Andenken des Verstorbenen zu ehren, der uns Allen ja so theuer war. (zu Johann) Ich kenne meine Mutter — sie spricht nur so — sie denkt ganz anders — viel edler — sie hat ein Herz voller Liebe.

Johann (sich den Schnurrbart drehend, bei Seite).

Wer's glaubt!

Boris.

Lassen Sie sich erzählen, Mamachen — wir haben soeben die Orangerie und die Gewächshäuser besichtigt. —

Johann.

Ja — famose Gewächshäuser. Da sieht man, wie ungerecht der Mensch oft ist. Wir haben dem verstorbenen Bruder oft den Vorwurf gemacht, daß er ein leichtes leeres Leben führe. Wie ich jetzt hier Alles sehe — wie hat er das Alles eingerichtet — so solid — so praktisch — und dabei doch mit Geschmack. Der gute Bruder war ein sehr gescheiter Mensch — eine großartige, künstlerisch angelegte Natur! Wie haben wir ihn verkannt!

Dorothea.

Mir hat er nie etwas geschenkt — aber ich habe ihn immer geliebt.

Boris.

Ein Wagen — sie kommen! (geht durch die Mitte den Ankommenden entgegen).

Dorothea.

Sie freuen sich wohl recht Ihren Bruder wiederzusehn, Oberst?

Johann.

Hm — wir haben uns lange nicht gesehn (etwas verlegen — tritt etwas seitwärts in den Hintergrund).

Vierte Scene.

Vorige. Michael. Helene. Andreas. Diener.

(Michael und Helene im Reiseanzug treten d. d. M. ein. Diener tragen hinten
Koffer vorbei — man sieht, daß Andreas Befehle ertheilt. Diener mit Hand=
gepäck treten mit ein.)

Boris (zu Michael.)

Onkelchen — kennen Sie mich denn nicht, ich bin
Boris — vor zwei Jahren haben wir uns in Moskau
kennen gelernt (Umarmung). Liebes Tantchen — erlauben
Sie — (küßt ihr die Hand).

Helene.

Sehr erfreut — sehr erfreut!

Boris.

Hier ist auch meine Mutter.

Michael.

Willkommmen! (umarmt sie — dann umarmt sich Dorothea u. Helene.)

Johann (der wieder vortritt).

Nun — sei auch mir willkommen!

Michael (sieht ihn).

Ah — Bruder Johann! (geben sich zögernd — nachdem sie sich
angesehen — die Hände).

Johann.

Bruder — wir sind uns lange nicht begegnet.

Michael.

Und was führt uns nun zusammen?

Johann.

Ja — am Grabe des Bruders treffen wir uns! Bei
solcher Gelegenheit vergißt man das Alte — küssen wir
uns! (umarmen und küssen sich).

Michael.

Bruder — ich war nicht Schuld an unserm Hader —

Du hast mich stets verletzt — ich bin Dir immer mit Liebe begegnet.

Johann.

Rechnen wir jetzt nicht ab! Vergessen wir (küssen sich) geben Sie mir Ihr Händchen, liebe Schwägerin! (giebt Helene die Hand).

Helene (verhimmelnd).

Welch ein Augenblick!

Boris.

Ein feierlicher Augenblick — der Onkel muß seine Freude im Jenseits daran haben.

Johann (zu Michael).

Ich bin älter geworden — findest Du nicht — etwas korpulent.

Michael.

Nicht viel.

Johann.

Doch — doch — eigentlich war ich daran zu sterben — und nun er — wer hätte das gedacht!

Helene.

O bitte — sprechen Sie nicht zuviel davon, wir haben schon genug Thränen vergossen.

Johann (zu Andreas — der noch mit Sachen dasteht).

Was stehst Du noch da — trag die Sachen auf's Zimmer!

Andreas.

Befehlen Sie ein Frühstück?

Helene.

Wer könnte jetzt an Essen denken!

Michael.

Wir haben auf der Station tüchtig gegessen.

Johann (zu Andreas).

Es ist gut! (Andreas ab.)

(Boris mit Dorothea stehen links — die Anderen auf der rechten Seite der Bühne.)

Boris (leise zu Dorothea).

Mamachen — ich bitte Sie — mischen Sie sich gar nicht ein — lassen Sie mich handeln.

Dorothea.

Ja mein Herz! aber merkst Du denn nicht — jahrelang haben sie sich gezankt und gebissen — jetzt liebkosen sie sich — verbünden sich, um uns zu übervortheilen — das ist klar.

Johann.

Ja, so geht's — wenn man alt wird — Husten — Asthma — die Augen werden schlecht.

Boris.

Onkelchen — da sagen Sie zuviel. —

Johann.

Nein — nein.

Boris.

Gestern proponirte mir der Onkel einen Spaziergang — wir sahen uns das Gut an — den Wald — (sieht Michael an — mit Absicht) schöne Hölzer — aber ich versichere, ich, ein junger Mensch, ich konnte kaum mit — machte den Vorschlag, umzukehren — nein, sagte der gute Onkel — bis zur Mühle noch. —

Michael.

Eine Mühle ist auch da? (reibt sich die Hände).

Boris.

Ich war wirklich erstaunt über ihn.

Johann (klopft Boris auf die Schulter).

Du bist ein guter Kerl Boris!

Michael.

Also Du hast alles schon angesehen, Brüderchen?

2

Johann.

Oberflächlich — ja.

Michael.

Es soll eine schöne Besitzung sein.

Johann.

Gewiß — nnd wie das alles gebaut ist — ich sagte es vorhin schon der guten Cousine, wir haben unsern Bruder verkannt — glaubten er thäte nichts und was war das für ein Kopf! — Aber wir sind ja nun bei-sammen — erwarten Niemand mehr — wir könnten jetzt von seinem letzten Willen Kenntniß nehmen.

Helene.

Ah — ist ein Testament vorhanden?

Johann.

Ja.

Michael.

Ich denke er ist so plötzlich gestorben?

Johann.

Ja — aber ein Testament hat er bereits vor 9 Jahren gemacht.

Michael.

So so — so so — vor 9 Jahren?

Johann.

Ja — bald nachdem er die Mutter beerbt hatte. — Dies Testament übergab er damals dem Landrath Grafen Liutin in einem versiegelten Couvert mit der Aufschrift „im Falle meines Todes dem Bruder Johann zu über-geben. Der Graf war sehr befreundet mit ihm — er hat auch das Begräbniß besorgt — alles beaufsichtigt. Als ich hier ankam, machten wir uns gegenseitig einen Besuch — er übergab mir das Packet, in welchem sich das Testament befindet und einige andere Papiere.

Michael.

Werthpapiere?

Johann (achselzuckend).

Alles ist sorgfältig verschlossen. Verschiedene Documente und das baare Geld ist beim Grafen aufbewahrt
— wir erhalten das, sowie das Testament eröffnet ist.
Ich ließ das — bis wir zusammen sind — wenn Ihr
also wollt — —

Dorothea.

Ja — was ist da zu warten.

Boris (zupft sie am Kleide).

Mama!

Michael.

Ja — wie Du willst — lieber Bruder!

Helene.

Ach — das wird mich sehr angreifen.

Johann (klingelt 2 Diener treten auf).

Stellt den Tisch hierher — (Diener stellen einen Tisch in den
Vordergrund) (giebt Boris einen Schlüssel) Boris — hier ist der
Schlüssel — im Schreibtisch liegt das Packet — sei so
gut! (Boris nimmt den Schlüssel — geht links ab und kommt dann mit
einem Packet zurück. — Johann zu den Dienern). Mehr hierher — so
— einige Stühle — es ist gut — geht! (Diener ab).

Boris (von links kommend — übergiebt Johann das Packet).

Johann (Packet nehmend).

Danke — gieb her! (setzt sich in die Mitte). Nun ich bitte,
gefälligst hierher! (zu Dorothea — die sich neben ihn setzen will.) Erlauben Sie, liebe Dorothea — hier setzt sich Bruder Michael her. Michael bitte — neben mich — Du wirst mir
helfen — alles durchzusehn (zu Boris — der sich hinter seinen Stuhl
stellt). Bitte — nicht so hinter mir — das vertrage ich
nicht. Deine Anwesenheit ist überhaupt nicht nöthig —
wenn Du in den Garten gehn willst —

Boris.

Gewiß! (will gehn.)

Dorothea.

Nein —! Boris —! ich möchte meinen Sohn als Beistand bei mir haben — wenn Sie nichts dagegen haben. (Boris kommt zurück — stellt sich hinter Dorothea's Stuhl.)

Johann.

Bitte! — Also das ist das mir ausgehändigte Packet — bitte seht, daß die Siegel ganz und unverletzt sind (Dorothea faßt nach dem Packet) reißen Sie mir es doch nicht aus der Hand — die Papiere laufen doch nicht weg. — Also mit allseitiger Zustimmung erbreche ich das Siegel (hält inne). Ach ja — Boris — sage doch, daß wir nicht gestört werden — ohne Anmeldung Niemand eingelassen wird (Boris geht zur Mittelthür — sagt einem Diener etwas — der Diener schließt die Flügelthüren — Boris geht auf seinen alten Platz — während dem.)

Helene.

Das wird mich doch sehr angreifen!

Michael.

Meine Theure — es wäre vielleicht besser, Du entferntest Dich.

Helene.

Nein lieber Mann — Du kennst mich ja — auch eine Frau muß stark sein können.

Johann.

Nun also (will das Siegel erbrechen — hält inne). Ach Boris — mein Herz — bitte meine Brille — sie liegt da drin. (Boris geht nach links ab — gleich zurück).

Dorothea (sehr unruhig).

Herr Gott — das nimmt ja gar kein Ende — das ist ja schrecklich!

Boris (kommt zurück — giebt Johann die Brille).

Hier Onkelchen!

Johann.

Danke Dir — (indem er die Siegel erbricht). Nun also — jetzt hab' ich die Siegel erbrochen und ich eröffne das Packet (macht den Umschlag ab — legt einige Papiere auf den Tisch. — Alle ehn sehr gespannt zu — fassen dann nach den Papieren)

Johann.

Ich bitte Sie, nichts anzufassen (hält die Hand darauf) wir werden alles der Reihe nach durchsehen — wenn Jeder mit den Händen hineinlangt — kommen die Papiere durcheinander — es kann etwas Wichtiges übersehen werden.

Dorothea.

Na na — ich rühre ja nichts an.

Johann (hat einen Bogen genommen).

Verzeichniß alles dessen was zum Gut gehört — Inventar — Größe der Felder — — des Waldes. —

Michael.

Erlaube lieber Bruder — nur einen Blick!

Johann.

Bitte — (giebt Michael den Bogen).

Michael.

Alles sehr genau. Das Gut wird einen Werth haben von 150,000 Rubel.

Dorothea.

Steht das da?

Johann.

Nenne doch nicht gleich so eine Summe (stößt ihn mit dem Ellbogen an). Das hört Einer — der Andre spricht es nach — das Gerücht verbreitet sich und wenn man theilen will — stößt man auf vorgefaßte Meinungen.

Michael.

Ja, ja — es können vielleicht auch nur 100,000 Rubel sein.

Boris.

Das wird sich ja später herausstellen.

Dorothea.

Schweig doch — sonst werden sie gar nicht fertig!

Johann.

Also weiter (nimmt Papiere heraus) sei so gut nimm dies, lieber Bruder — ich werde hier weiter sehn (giebt Michael einige lose Papiere).

Michael.

Rechnungen verschiedener Lieferanten — legen wir wohl vorläufig bei Seite.

Johann.

Hier finde ich Briefe.

Dorothea.

Von wem?

Johann.

Von verschiedenen Personen — hier auch Verse — ja — Gedichte!

Helene.

Gedichte! — wie rührend!

Johann (liest vor).

Als ich Paula den ersten Kuß gegeben.

Küß ich Dich auf den Rosenmund

So wird mir ach so wohl — so weh

Doch wenn ich Deinen weißen Bu — —

Helene

O — hören Sie auf — bitte — bitte.

Michael.

Ja — wir können das später durchsehn — das gehört nicht zur Sache.

Dorothea.

Nein — es ist wahr — das gehört nicht zur Sache — lesen Sie doch das Testament. Wir sitzen ja alle an=

dächtig hier um den Willen des Verstorbenen zu hören und Sie lesen uns Gedichte vor.

Helene.

Und was für welche — ei — ei. —

Johann (weiter suchend).

Das ist es noch immer nicht — ah — da ist es ja.

Dorothea.

Endlich — endlich!

Johann (liest die Aufschrift des Testaments).

„Mein Testament, im Falle meines Todes meinem Bruder Johann zu übergeben". Ich öffne den Umschlag (öffnet). Noch eine Abschrift des Inventars — ich denke, wir lesen das Testament.

Michael.

Ich denke auch.

Dorothea.

Mein Gott — was zögern Sie — so lesen Sie doch!

Johann.

Ja — aber warum stören Sie uns denn immer!

Dorothea.

Ich bin ja ganz still.

Johann (lesend).

Mein letzter Wille.

Helene.

Die Rührung übermannt mich (nimmt ihr Taschentuch vor).

Dorothea.

Mein Gott — hören Sie doch lieber zu, statt zu stöhnen!

Michael.

Ja — so kommen wir nicht weiter — (schlägt auf den Tisch) so lies doch! (sieht die Damen wüthend an).

Johann.

Mein letzter Wille. Bei vollständig guter Gesundheit

und bei völligem Verstande, in dem Bewußtsein, daß Gott
allein über Tod und Leben entscheidet — setze ich heute
für den Fall meines Todes mein Testament auf, und
bitte meine Brüder die Vollstrecker dieses meines letzten
Willens zu sein und alles, wie es hier geschrieben steht,
zu erfüllen. Ich hinterlasse laut der beiliegenden Ver=
zeichnisse, der von mir erworbenen Besitzungen, Fabriken,
welche sämmtlich mir allein angehören Alles in Allem
400,000 Rubel, über welche ich bitte wie folgt, zu dis=
poniren. (Michael von der einen, Helene von der andern Seite, sind ihm nahe
gerückt, Boris hinter ihn getreten.) Bitte — legt Euch nicht so auf
mich! (Die Betreffenden rücken wieder ab).

    Michael (zu Dorothea, die näher an ihn gerückt).
Ich bitte Sie ebenfalls.

Johann (liest weiter).

Meine lieben Brüder — vor Allem wisset, daß ich,
wiewohl ledig — doch eine Tochter besitze. (Allgemeines Er=
staunen).

Dorothea.

Was Sie sagen?   zugleich.

Helene.

Eine Tochter?

Johann (lesend).

Eine Tochter besitze. Diese meine Tochter, Jungfrau
Katharina, die nach ihrer Mutter genannt ist, habe ich
vorläufig in einer Nähanstalt untergebracht. Ich bitte
Euch, lieben Brüder, betrachtet dieses junge Mädchen als
die einzige Erbin meines Vermögens. (Pause — Alle sehen sich
an.) Um zu verhindern, daß Jemand nach der reichen Mit=
gift gelüstete — und bei der geringen Bildung des Mäd=
chens ihr das Geld nicht durchgebracht wird, beschwöre ich
Euch und verpflichte Euch Alle, die Ihr dieses Testament
leset, dieser meiner Tochter Katharina nichts von dieser Erb=

schaft zu vertrauen bis zum Tage ihrer Hochzeit. Alles, was ich besitze soll bis dahin verwaltet werden von meinen Brüdern Johann und Michael, die ich denn auch bitte, die Vormundschaft über dieses Mädchen zu übernehmen.

Dorothea.

Was — das ganze Vermögen der Tochter?

Michael.

Jawohl — ihr!

Johann.

Und wir verwalten vorläufig das Vermögen.

Dorothea.

Ja — aber ich und Boris?

Johann und **Michael** (zugleich).

Nichts!

Dorothea.

Nichts — das kann nicht sein — ich habe ja Messen lesen lassen — ich habe die bischöflichen Sänger bezahlt — ich nichts — das kann nicht sein.

Johann.

Aber verehrte Frau — wir können doch lesen, hier steht es.

Dorothea.

Das ist 9 Jahr her — wer weiß ob die Tochter überhaupt noch existirt.

Michael.

Da hat sie recht Bruder!

Boris.

Das müßte doch zu erfahren sein. Wenn man den Kammerdiener fragte — der weiß villeicht — —

Johann (der nachdenklich sitzen geblieben).

Du hast recht — rufe ihn (Boris ab durch die Mitte).

Dorothea.

Ich behaupte — es existirt gar keine Tochter.

Johann (steht auf — in gehobenem Ton).

Giebt's eine, oder giebt's keine meine Herrschaften, ich fühle mich verpflichtet, zu sagen, daß ich über den ver= storbenen Bruder staune. Welche Seele — welche Seele war das!

Dorothea.

Ja — was wollen Sie damit sagen?

Johann.

Ich will damit sagen Dorothea, daß er durch dieses Testament wie ein ehrlicher Mann gehandelt hat — wie ein Christ — wie ein großer Geist. Er hat ein Unrecht gut gemacht. Sie ist seine leibliche Tochter — er wollte, daß sie seine Erbin sei — aber er wußte — daß das liebe Kind nach seinem Tode allein zurückbleiben würde, daß sie, die reiche Erbin Gefahren ausgesetzt ist — da wendet er sich an sein Blut — an seine Brüder, daß sie die Waise in Obhut nehmen. Ich frage Sie, Dorothea — wie groß — wie klar ist das gedacht! Ich werde sein Vertrauen rechtfertigen.

Michael.

Ich auch! Bruder, Du hast ein Herz!

Johann.

Mein Brüderchen! (umarmt Michael.)

Helene (sich die Augen trocknend).

O Gott — o Gott — welche Seelen!

Dorothea (verbissen).

Sie werden sich noch aufessen vor Liebe!

Fünfte Scene.

Vorige. Andreas. Boris.

Johann (zu dem eintretenden Andreas).

Wir haben Sie rufen lassen, lieber Andreas — damit Sie uns über eine wichtige Sache Auskunft geben. Wir wissen wie nah Sie dem verstorbenen Bruder gestanden haben.

Andreas.

Ich danke Herr Oberst, für das Vertrauen.

Johann.

Sagen Sie uns gefälligst, hat der Verstorbene nie von einer Tochter gesprochen?

Andreas.

Von seiner Tochter — na natürlich — das hab' ich oft gehört.

Dorothea und Helene.

Lebt Sie?

Andreas.

Ja — Gott sei Dank — ganz munter und gesund!

Johann.

Du kennst sie also?

Andreas.

Natürlich — der ganze Hof kennt sie. Sie hat ja oft hier beim Herrn verkehrt — kam zu seinem Namenstag — zu den Feiertagen — hat auch oft hier genäht — der verstorbene Herr schenkte ihr dann wohl so 5 oder 10 Rubel.

Helene.

Ach die Liebe!

Andreas.

Die Leute nennen sie immer das Herrschaftskäthchen.

Johann (sehr ernst).

So — nun diese Benennung verbitte ich mir von jetzt an. Verstanden!

Andreas.

O — Herr Oberst. —

Johann.

Von jetzt an heißt sie Fräulein Katharina — denn ich nehme sie zu mir als meine Verwandte — als meine Tochter.

Michael.

Ich danke Dir, lieber Bruder Johann — für unsern Bruder Wilhelm — ich danke Dir! (giebt ihm die Hand) aber das versteht sich wohl von selbst, daß wir sie zu uns neh= men — nicht wahr Helene?

Helene.

Ja gewiß — das liebe gute Kind muß in unsere Familie.

Johann.

Nein — nein — wo denkt Ihr hin — zerstört mir nicht mein Glück — Ihr seid zu zwei — habt Euch ja — aber ich bin so einsam — so allein — sie wird mir also eine große Freude sein — eine Stütze in meinem Alter.

Helene.

Sie bedarf aber der Pflege, der Sorgfalt — der Obhut einer Mutter. Ja — ich werde ihr eine Mutter sein.

Dorothea.

Wenn es sich um eine Mutter handelt — da dächte ich doch, daß ich — —

Johann (ärgerlich).

Na — na — laßt das jetzt — wir werden darüber reden (zu Andreas). Wissen Sie, wo sie wohnt?

Andreas.

Jawohl — sie ist im Näh=Magazin — es ist gar nicht weit — gleich vor der Stadt!

Johann.

Also lieber Andreas — lassen Sie sofort anspannen — fahren Sie zu ihr — holen Sie sie her.

Andreas.

Der Wagen, der die Herrschaften herbrachte ist noch angespannt.

Johann.

Gut — sehr gut — also schnell.

Andreas.

Zu Befehl, Herr Oberst! (ab d. d. Mitte.)

Johannes.

Mein lieber Michael — der Schmerz ist doch nie ohne Freude. Wir verloren den Bruder — als Ersatz gab uns der Himmel eine Tochter.

Helene.

Ja — das macht mich wirklich glücklich. Wie süß — wie lieb — eine Tochter!

Dorothea.

Es bleibt also wirklich dabei, daß ich gar nichts kriege.

Johann.

Aber Dorothea — fürchten Sie denn nicht, sich zu versündigen! Für die ganze Familie kommt eine so große Freude, und Sie haben solche Gedanken.

Boris (leise).

Still doch, Mamachen!

Dorothea (unwillig).

Laß mich doch — was verstehst Du davon! Wann ist denn das Testament geschrieben? — vor 9 Jahren ist's geschrieben. Seit der Zeit hat sich der Verstorbene das

hundert Mal überlegen können — ist nur nicht dazu ge=
kommen, es niederzuschreiben. Was soll ich viel reden!
Heut in der Nacht ist er mir erschienen und sagte mir
geradezu, daß er im Grabe keine Ruhe fände.

Boris.

Beruhigen Sie sich nur, Mama!

Dorothea.

Die freuen sich natürlich, warum sollen sie sich nicht
freuen. Sie können mit dem Vermögen schalten und
walten, wie sie wollen — na und zu kurz werden sie
dabei nicht kommen.

Helene.

O — o — Dorothea — welcher Verdacht!

Johann.

Wenn man das so hört — da könnte man denken,
daß wir eine Art Räuber oder Banditen wären. Be=
urtheilen Sie, bitte, nicht Alle nach sich. Es ist sehr
wahrscheinlich, daß wir uns nur eine schwere Last auf=
bürden, aus reiner Liebe zu unserm Bruder.

Dorothea.

Die Last wird sich tragen lassen!

Johann (ärgerlich).

Meine Verehrteste — —

Boris (zwischen Johann und Dorothea tretend).

Lieber Onkel — ich bitte Sie — hören Sie nicht auf
ihre Worte! (zu Dorothea) Liebe Mutter — beruhige Dich
— Du bist aufgeregt — wir sind ja doch Alles Ver=
wandte und ich habe die feste Ueberzeugung, sie werden
uns nicht vergessen. (Hat laut gesprochen und Joh. u. Mich. angesehen.)

Dorothea.

Das Silberzeug hat er mir doch versprochen!

Johann.

Ja — wie können Sie denn verlangen, daß wir gegen das Gesetz handeln. Das Silber ist sicher im Verzeichniß eingetragen und das Gericht — —

Dorothea.

Ach was Gericht — um ein paar Messer und Gabeln kümmert sich das nicht.

Michael (seinen Bruder anstoßend — leise).

Geben wir ihr doch das Silber!

Boris.

Ich bitte Sie — hören wir auf davon zu reden.
(Geht zu Dorothea, leise mit ihr weiter.)

Michael.

Ich habe noch etwas, Bruder — wir müssen der Dienerschaft doch Anstands halber, eine Gratification zukommen lassen.

Johann.

Ja! — aber das hat ja noch Zeit.

Michael.

Ich denke, das müßte gleich geschehen. — Sieh mal, Brüderchen — sie werden uns dadurch gleich als die Herren ansehn und dann sehn sie auch, wie sehr wir den verstorbenen Bruder schätzen.

Johann.

Das baare Geld liegt aber noch beim Landrath!

Michael.

Wir legen das aus — geben Jedem ein Jahresgehalt.

Johann.

Meinethalben.

Michael.

Du sollst sehen — sie gehen dann für uns durch's Feuer.

Sechste Scene.

Diener (meldet).

Graf Liutin.

Johann.

Ah — der Landrath — sehr angenehm! (Diener ab, zu Michael) Du bitte — binde die Papiere wieder zusammen, das Testament behalte ich (steckt es ein). (Michael geht an den Tisch, nimmt die Papiere zusammen — Boris hilft ihm — dann setzen sie den Tisch etwas seitwärts — damit die Mitte der Bühne ganz frei wird.)

Johann.

Ich halte es für meine Pflicht, Euch daran zu erinnern, daß der Verstorbene gebeten hat, kein Wort von der Erbschaft zu sprechen — besonders schärfe ich Ihnen das ein Dorothea (giebt ihr die Hand). Wir werden Sie nicht vergessen.

Siebente Scene.

Vorige. Graf Liutin.

Johann (geht dem eintretenden Grafen entgegen).

Herr Graf — sehr erfreut — erlauben Sie, daß ich Ihnen die Verwandten vorstelle — Boris — ist Ihnen bekannt — (Dorothea vorstellend) seine Mutter — (Michael und Helene vorstellend) Mein Bruder Michael, seine Frau — Herr Graf Liutin.

Graf Liutin.

Ich heiße Sie willkommen meine Herrschaften — doch ich muß aufrichtig sagen, ich wünschte eine weniger traurige Veranlassung hätte Sie hierher geführt. Ja, ja — der gute liebe Wasil — Wasiljewitsch! — ich versichere, mir selbst ist das Herz schwer.

Michael.

Sie sind oft mit dem Bruder zusammen gewesen, Herr Graf?

Graf Liutin.

Natürlich — wie oft haben wir zusammen dinirt und soupirt — ja, ja — es ist traurig das Leben auf dieser Erde!

Johann.

Er war so gesund — so kräftig — so stark. —

Graf Liutin.

Ja — die Wege der Vorsehung sind unerforschlich — wir sprachen noch heut beim Frühstück davon. Was ist unser Leben — er war immer so fröhlich — heiter — trank und lachte — nun auf einmal — kalt — stumm — wie traurig!

Boris.

Es war ein edler Mensch, Herr Graf!

Graf Liutin.

So angenehme Manieren — unsre Gesellschaft hat viel mit ihm verloren.

Helene.

Eine Herzensgüte besaß er — Sie glauben es gar nicht!

Graf Liutin.

Sprechen Sie nicht mehr — es thut mir leid — so leid. (Zu Johann) Haben Sie das Testament eröffnet?

Johann.

Ja — wir haben es oberflächlich gelesen.

Graf Liutin.

Dürfen wir Sie zu den unsrigen zählen — ich meine —

Johann.

Herr Graf — ich kann jetzt noch nichts sagen — nur eins kann ich sagen — mein Bruder war ein Mensch! — er besaß eine große Seele.

Graf Liutin.

O, das weiß ich — für uns Alle ist es so betrübend, einen bessern L'hombre = Spieler bekommen wir so leicht nicht wieder!

Dorothea.

Ja — die Guten nimmt er zu sich — die Schlechten bleiben hier.

Johann.

Eins muß ich doch noch sagen, Herr Graf. Unsere Familie ist nicht ganz beisammen — es existirt noch ein Wesen — ein uns theures Wesen. —

Graf Liutin.

Was wollen Sie damit sagen?

Johann.

Das soll eine Ueberraschung für Sie sein, Herr Graf — wenn Sie noch einen Augenblick warten. —

Michael (am Fenster).

Der Wagen ist gekommen.

Graf Liutin.

Ich bin wirklich gespannt.

Achte Scene.

Vorige. Andreas. Katharina.

(Die Flügelthüren sind bei Ankunft des Grafen wieder geöffnet geblieben. Man sieht Andreas der Jemand zuwinkt.)

Andreas.

Aber ich bitte — kommen Sie nur — fürchten Sie sich nicht!

(Katharina erscheint in der Mitte — tritt schüchtern ein — in sehr einfacher Kleidung — russ. National-Kostüm.)

Katharina.

Willkommen! (sieht sich um und knixt).

Johann (auf sie zueilend).

Da ist sie — o, meine Theure (Katharina will erschreckt zurückweichen) Nein — nein — küsse Deinen Onkel — Deinen greisen Onkel (umarmt sie).

Helene (auf sie zu).

Ach Du liebe Kleine — Du Liebe! (umarmt sie).

Michael.

Mein armes liebes Kind! (umarmt sie).

Graf Liutin.

(Der im Vordergrund geblieben — den Vorfall mit Interesse betrachtet, zu Boris).

Ja — wer ist das?

Boris.

Die Tochter des verstorbenen Onkels.

Graf Liutin (verwundert).

Ah — doch nicht etwa die Erbin?

Boris (verlegen — zögernd).

Nicht ganz, Herr Graf (geht zu der Gruppe, die sich um Katharina gebildet).

Graf Liutin (kopfschüttelnd für sich).

„Nicht ganz" — was heißt das?

Johann.

Wie groß sie ist — und wie schön! (faßt sie unters Kinn). Ja, ja — Du siehst dem Bruder ähnlich — ganz die Nase. —

Michael.

Und die Augen. —

Helene.

Die lieben Augen!

Johann (umarmt sie).

O, Du meine Freude! (tritt vor zum Grafen) Jetzt, Herr

3*

Graf ist die ganze Familie beisammen. (Gestatten Sie mir, Ihnen unsere Verwandte vorzustellen — die uns Gott in unserem Kummer gesandt hat. (Hat Kath. vorgeführt.)

Graf Liutin (reicht Kath. die Hand).

Sehr angenehm!

Boris.

Erlauben Sie, Schwesterchen, daß auch ich mich mit Ihnen bekannt mache. (Will sie umarmen und küssen.)

Katharina (zurückweichend).

Ach nein — bitte nein.

Boris.

Nun — aber Ihre Hand werden Sie mir doch reichen! (Giebt ihr die Hand.)

Katharina.

Ich weiß gar nicht, was das Alles heißt.

Andreas.

Ich habe sie kaum überreden können herzukommen — sie wollte durchaus nicht mitfahren.

Helene.

Du wolltest nicht zu uns, meine Liebe — ja warum denn nicht?

Katharina.

Ich habe keine Zeit — wir sind so sehr beschäftigt. Die Tochter des Kaufmann Pustir heirathet und wir nähen ihre Ausstattung — da ist schrecklich viel zu thun.

Helene.

Das liebe Kind, nun jetzt wirst Du nicht mehr arbeiten, mein Engelchen.

Katharina (lachend).

Ich nicht arbeiten — was sollte daraus werden? — es ist sogar die höchste Zeit — erlauben Sie mir, bitte, daß ich wieder nach Hause gehe (will fort).

Helene (hält fie auf).

Wo denkst Du hin. —

Johann.

Nein, mein Kind — Du bleibst von jetzt an bei uns (hat fie bei der Hand genommen).

Katharina.

Wie können Sie so etwas sagen — die Frau Prinzipalin hat mir nur kurze Zeit erlaubt — und sie kann sehr böse werden.

Johann.

Haha — Du wirst schon Alles einsehen — meine liebe Katharina.

Helene.

Ja — mein liebes gutes Thrinchen! (umarmt fie).

Boris (zu Johann).

Onkel — sehn Sie nur — die Diener sind so neugierig — (zeigt nach der Mittelthür — man fieht eine Menge Diener — die hinein fehen).

Johann (laut).

Ja — warum denn — kommt Alle herein — Alle. (Die Diener treten b. d. M. ein.) Hier stelle ich Euch dies Fräulein vor — es ist die Tochter des Verstorbenen — und wir nehmen sie in unsre Familie als Verwandte auf.

Graf Liutin (für fich).

Wie interessant das ist!

Michael.

Ja — Ihr werdet sie als unsre nächste Verwandte betrachten — und damit Ihr für immer des verstorbenen Bruders gedenkt —

Johann.

Ja — wir werden Euch belohnen. —

Michael.

Bitte — laß mich es sagen, Bruder Johann — wir

werden Euch Jeden einen vollen Jahresgehalt zum Geschenk machen. Andreas wird uns das Verzeichniß geben, wie viel Jeder bei Lebzeiten des Bruders erhielt.

Diener.

Wir danken unterthänigst (küssen Joh. und Mich. die Hände).

Johann.

Nicht uns dankt — denkt an den verstorbenen Bruder! in seinem Geiste handeln wir.

Dorothea (zu Boris).

Diese Heuchelei!

Boris (leise zu Dorothea).

Still, Mama — laß mich nur machen.

Katharina.

Was soll mit mir geschehen — lassen Sie mich lieber nach Haus — ich ängstige mich so — und dann bin ich auch nur in dem einzigen Kleid gekommen.

Helene.

Das laß unsere Sorge sein. Deine jetzige Lage — (Johann hustet) ich wollte sagen die Stellung Deiner Familie verlangt, daß Du Dich jetzt anders kleidest. Hier als Pfand meiner Liebe nimmt vorläufig diesen kostbaren Shwal (giebt ihr einen Shwal um) und dieses Medaillon (macht sich ein Medaillon ab und hängt es Katharina um).

Michael.

Das rührt mich, Helene. Mein Kind — nimm auch von mir diesen Ring — (er zieht einen Ring ab und steckt ihn Katharina an) er wiegt vier Karat — mag er Dich täglich an den lieben Onkel Michael erinnern.

Johann.

Ich bin das Haupt der Familie — der Onkel Johann — ich schenke Dir auch etwas. (Zieht eine Börse — giebt sie Kath. Dorothea die zugesehen — häkelt sich die Ohrgehänge aus.) Ich bin nicht so reich, wie die andern Verwandten, mein Kind — und gebe Dir nur wenig (giebt ihr die Ohrgehänge) aber ein Herz voller Zuneigung und treuer Liebe. (Umarmt Katharina.)

Johann (bei Seite).

Da kommt sie am billigsten weg.

Katharina.

Wie soll ich so viel Liebe und Großmuth je belohnen können!

Dorothea.

Indem Du sie erwiederst (umarmt sie).

Helene (zieht Katharina von ihr fort).

So gönnen Sie sie uns doch auch! (umarmt sie).

(Der Vorhang fällt.)

Zweiter Akt

(Großer weiter schöner Garten. Rechts ein Tisch und eine Bank. Links eine Bank, dahinter Gebüsche, die sich theilen können. Statue in der Mitte. Das Ganze muß den Eindruck des Reichthums und Geschmacks machen.)

Erste Scene.

Johann. Michael.

Michael (umhergehend).

Wir müssen aber doch nun endlich einmal zu einem Entschluß kommen!

Johann (sitzt links auf der Bank).

Vorläufig rennst Du wieder herum — diese Angewohnheit ist schrecklich — setz' Dich doch!

Michael.

Im Gehen hat man die besten Gedanken. (Setzt sich rechts auf die Bank.)

Johann.

Ich habe sie im Sitzen auch — nun hör' einmal zu — mein Entschluß ist gefaßt.

Michael.

Wenn er vernünftig ist, bin ich gewiß einverstanden.

Johann.

Also das Beste ist — wir behalten das Mädchen hier.

Michael.

Einverstanden!

Johann.

Den Gedanken mit der Pension geben wir auf.

Michael.

Einverstanden!

Johann.

Freut mich, daß Du zustimmst. Katharina bleibt hier unter Aufsicht, Alles wird von ihr fern gehalten — das Gut verwalte ich — bleibe also hier!

Michael (schnell).

Du? — erlaube mir (springt auf) wir sollen es doch Beide verwalten.

Johann.

Bleib doch nur sitzen. Damit Du nicht denkst, daß etwas geschieht, was Du nicht willst, werde ich Dir natürlich oft Nachricht geben, die Rechnungen einschicken — Dir immer schreiben.

Michael (ungläubig).

Schreiben? — Du? — Du verstehst ja nichts davon. Es ist besser, Du reist in Gottes Namen.

Johann (höhnisch).

So — so!

Michael.

Ich bleibe und ich werde Dir schreiben.

Johann (schlägt auf den Tisch).

Das nennt der Mensch einverstanden sein! (steht auf — geht umher).

Michael.

Der gute Bruder hat uns doch Beide eingesetzt.

Johann (umhergehend).

Wir können doch nicht Alle zusammen in dem Hause wohnen — Dorothea und Boris sind auch noch da.

Michael.

Gehen uns nichts an — aber jetzt läufst Du herum — jetz' Dich doch, Bruder!

Johann (böse).

Ich will nicht! Ich werde gehen oder sitzen, wie es mir beliebt!

Michael.

Für uns reicht das Haus aus — Feste geben wir nicht — ich schränke mich mit meiner Frau ein — der guten Sache halber.

Johann.

Na — denn bleibe in des Teufels Namen hier.

Michael.

Endlich sind wir einig. (Steht auf. Beide gehen umher — sehen sich grimmig an.)

Zweite Scene.

Vorige. Boris.

Boris.

Guten Morgen, liebe Onkel! (sieht Beide an — dann für sich) Scheinen wieder des Verstorbenen in Liebe gedacht zu haben.

Johann.

Boris — habt Ihr Euch schon entschieden wegen der Abreise?

Boris.

Ja, lieber Onkel — ich sprach soeben mit der Mutter darüber — wir reisen sobald — —

Michael (einfallend).

— als möglich!

Boris.

Sobald ich sehe, daß wir hier nicht weiter helfen können. Wenn wir aber etwa lästig fallen.

Johann.

Das nicht! Bruder Michael will aber durchaus hier bleiben — glaubt Eure Zimmer für seine Frau nöthig zu haben.

Michael.

Das heißt — mein Bruder sprach davon, daß Ihr bald abreisen würdet.

Boris (ruhig).

So werden wir morgen reisen! — — Ich wollte noch fragen — Sie sprachen davon — ich sollte ein Pensionat ausfindig machen — —

Johann.

Ist nicht mehr nöthig! Käthchen bleibt hier bei mir!

Michael.

Bei uns!

Johann.

Wenn ich sage bei mir — meine ich bei uns! Aber für ihre Bildung muß etwas geschehn und so könntest Du Dich in der Stadt vielleicht nach einer Gouvernante umsehn.

Michael.

Gouvernante — nein Bruder — das erlaubt meine Frau nicht.

Boris.

Ist auch nicht zu rathen. Wer weiß — solche Person bleibt vielleicht nicht lange, erfährt hier Manches — erzählt. Das Beste wäre ein fein gebildeter junger Hauslehrer.

Michael.

So zwischen 40 und 50 Jahren.

Johann.

Ja — nicht zu jung — eher älter.

Boris.

Ich verstehe!

Johann.

Liebenswürdig und hübsch braucht er auch nicht zu sein.

Boris.

Nur kenntnißreich! Aber wenn ich einen Lehrer suchen soll, muß ich ihm doch sagen, welchen Schüler er zu erwarten hat. Man weiß ja gar nicht — hat sie irgend welche Schulbildung — überhaupt etwas gelernt — kann sie lesen?

Johann.

Du hast Recht.

Boris.

Ich müßte mir, ehe ich reise, darüber irgend eine Ansicht verschaffen — bis jetzt habe ich kaum mit ihr gesprochen.

Michael.

Ja — ja.

Boris.

Allerdings — bis morgen — (nachdenklich).

Johann.

Na — auf einen Tag kann es Dir ja nicht ankommen!

Boris.

Nein — wenn ich Euch gefällig sein kann. —

Johann.

Machen wir also die Sache so — und findest Du einen passenden, zuverlässigen Mann —

Boris.

So zwischen 50 und 60 Jahr —

Johann.

Engagirst Du ihn!

Boris.

Sie können sich auf mich verlassen, lieber Onkel.

Michael (klopft ihm die Wange).

Boris — mein Junge — wir würden Euch wahrhaftig noch länger hier gern sehn — aber meine Frau und Deine Mutter —

Boris.

Das seh' ich ein, lieber Onkel — ich müßte indeß so wie so abreisen — mein Urlaub geht zu Ende.

Johann (nach der Uhr sehend).

Es ist 11 Uhr — ich habe die Inspectoren bestellt — (will gehn).

Michael.

Da geh' ich mit, Brüderchen. (geht nach).

Johann.

Wenn Du bleiben willst —

Michael.

Nein — nein — nein! (nimmt Johann's Arm — beide Brüder links ab).

Boris (allein).

Da gehn sie hin, die guten lieben Onkel! Wie sie auf das Glück ihres Mündels bedacht sind. Oh, ich wüßte ein besseres Mittel ihr zu helfen — aber haben sie mich wohl eine Minute aus den Augen gelassen. Jetzt soll ich fort — es wäre eine Wonne, diese alten Füchse doch noch zu überlisten. So eine Mitgift von 400,000 Rubel ist nicht zu verachten — zwar die Dummheit des lieben Käthchens müßte man mit in den Kauf nehmen — aber es ist eigentlich edel, das Lamm aus den Krallen der Geier zu befreien — (setzt sich links) da kommt sie!

Dritte Scene.

Katharina. Boris.

Katharina

(von hinten rechts — trillert die Melodie des russischen Volksliedes „Der rothe Sarafran" — hat Nähzeug in der Hand — ist in einfacher moderner Haustoilette, ohne Schleppe — kommt vor — hört plötzlich auf zu singen, als sie Boris sieht).

Guten Tag, Boris!

Boris.

Guten Tag, Käthchen.

Katharina.

Ich will hier im Freien arbeiten.

Boris.

Lassen Sie sich gar nicht stören.

Katharina

(setzt sich an den Tisch rechts — bringt ihr Nähzeug in Ordnung und fängt an zu arbeiten).

Boris (betrachtet sie).

Ein hübsches Mädchen — das muß man sagen!

Katharina.

Boris — waren Sie schon auf dem Hammelberge?

Boris.

Hammelberg — nein, da war ich noch nicht.

(steht auf und tritt zu Käthchen heran — berührt während des nächsten Gesprächs ihren Zopf).

Katharina.

Es ist der feinste Vergnügungsort, zehn Minuten von der Stadt — ein Tannenwäldchen ist da — und da sitzen die Leute und trinken Thee — bitte — lassen Sie doch meine Zöpfe in Ruh — ich kann ja nicht nähen. Was wollte ich denn sagen — ja vom Hammelberg — also nächsten Abend —

Boris.

Käthchen — nicht das Wort — nächsten Abend.

Katharina.

Was ist denn dabei?

Boris.

Es klingt nicht hübsch — so gewöhnlich!

Katharina.

Ja — wie sagt man denn?

Boris.

Man nennt irgend einen Tag — Donnerstag, Freitag oder zwei Tage vorher — oder sagt „gestern."

Katharina (lachend).

Ach — gestern — gestern —
Der Teufel hat weder Brüder noch Schwestern.

Boris.

Du kleiner Schelm! (faßt sie schäkernd an's Haar).

Katharina.

Lassen Sie doch — da hab' ich mich in den Finger gestochen.

Boris.

In's Fingerchen gestochen — (setzt sich neben sie) wo — wo — zeigen Sie. (nimmt ihre Hand).

Katharina.

Es ist nicht schlimm!

Boris.

Ach — das arme Fingerchen! Ach Käthchen — was haben Sie für ein hübsches Händchen!

Katharina.

Alle Finger sind ja zerstochen!

Boris.

Das vergeht! (streichelt ihre Hand). aber wie weich — wie zart! —

Katharina (entzieht ihm die Hand).

Lassen Sie mich, Boris.

Boris (rückt etwas ab).

Nun — was wollten Sie denn von dem Hammelberg erzählen?

Katharina.

Nächsten Sonntag — nein — ich will sagen —
gestern Sonntag — gingen wir Mädchen alle dahin spazieren — ach, haben wir da einen Offizier gesehn — ein
reizender Mensch — er hatte eine ganz rothe Brust —
und der Kragen ganz von Gold gestickt. Was war das
wohl für ein Offizier?

Boris.

Wahrscheinlich von der Garde Käthchen!

Katharina.

Ach — er sah zu hübsch aus!

Boris.

Käthchen — soll ich auch so ein Offizier werden?

Katharina.

Oh — ja.

Boris.

Werden Sie mich dann auch reizend finden?

Katharina.

Gewiß!

Boris.

Auch lieben?

Katharina.

Ich liebe Sie ja auch so.

Boris.

Käthchen, wen von uns Allen lieben Sie denn eigentlich am meisten?

Katharina.

Am meisten?

Boris.

Ja — bedenken Sie sich nicht erst lange — sprechen
Sie ganz aufrichtig!

Katharina.

Ganz aufrichtig!

Boris.

Ja — nun?

Katharina.

Am meisten liebe ich — (nach einigem Besinnen) ja, Peter — den Kutscher mein' ich.

Boris
(steht schnell auf — geht auf und ab).

Ist das eine Dummheit — o heil'ger Hammelberg!

Katharina.

Wenn Sie ihn so genau kennen würden wie ich, würden Sie nicht so darüber lachen. Er war immer so gut zu mir — als ich noch so klein war, da trug er mich Huckepack — setzte mich auf's Pferd — ließ mich reiten — und spazieren gefahren hat er mich — so schnell — so schnell — daß mir der Athem stockte. Ich sage Ihnen — dieser Peter —

Boris.

Ach lassen Sie doch den dummen Peter — sagen Sie mir lieber — gefall' ich Ihnen — oder gefall' ich Ihnen nicht?

Katharina.

Oh — Sie gefallen mir sehr!

Boris (setzt sich wieder zu ihr).

Sind Sie sich klar darüber, weshalb ich Ihnen gefalle?

Katharina.

Weshalb? — Ja Sie haben mir nie etwas Böses gethan.

Boris.

Aus keinem andern Grunde? (legt seinen Arm um ihre Taille).

Katharina.

Sie sind so einfach — behandeln mich immer so gut!

4

Boris (küßt sie).

Lieber Schatz!

Katharina.

Aber Boris — Boris!

Boris.

Von einem Kuß stirbt man nicht, Käthchen!

Katharina (fortrückend).

Aber Sie sind doch wirklich —

Boris.

Nun — wie denn? Wie bin ich? (steht auf).

Katharina.

Ich muß mich über Sie wundern, Boris — in Gegenwart der Andern sind Sie so bescheiden — so still — und sind wir allein — so ausgelassen —

Boris.

Sie beobachten scharf — Sie sind ein ganz gescheidtes Mädchen. Ja — das hat seinen guten Grund.

Katharina.

Welchen denn?

Boris
(tritt an den Tisch — so daß er ihr nahe steht).

Ich will Ihnen das erklären, Käthchen — sehen Sie, ich muß so sein — deshalb —
(er sieht Johann und Helene — die von hinten auftreten — thut, als wenn er sie nicht bemerkt und spricht in verändertem Ton weiter).

Vierte Scene.

Vorige. Johann. Helene.

Boris (in ernstem Tone fortfahrend).

Ganz recht — Petersburg ist die Hauptstadt von Rußland!

Katharina (sieht ihn erstaunt an).

Was ist?

Boris (wie oben).

Was eine Hauptstadt ist? — Ja, eine Residenzstadt ist ein Ort, wo der Monarch wohnt.

Katharina (verwundert).

Nun — und?

Boris.

Deshalb ist es eine große Stadt — in der ungefähr 700,000 Menschen leben — große Häuser, prachtvolle Kirchen — Magazine —

Katharina.

Ach — Ihre Petersburger Magazine — damit gehn Sie. Glauben Sie, daß da besser genäht wird wie bei uns — nicht ein bischen.

Boris.

Aber — —

Katharina.

Auf die Façon geben sie etwas, aber dauerhaft ist es nicht. Die Frau unseres Gensd'armerie-Obersten brachte neulich eine Kiste Kleider von dort mit — Alles war aufgefusselt —

Boris.

Aufgefusselt ist gut!

Katharina.

Ja — wir mußten Alles umnähen. Die Maschinenarbeit hält nicht länger als man sie sieht..

Johann
(der mit Helene erst das Gespräch mit angehört — ist näher herangetreten).

Ja ja, mein Käthchen — wehre Dich — wehre Dich! (streichelt ihr Haar). Gieb ihm nicht nach!

Helene.

Ach Du liebe Kleine — mein Schätzchen! (küßt sie). Wie sie reizend arbeitet — und wie fleißig!

4*

Katharina.

Ich wäre schon weiter — aber Boris und ich — wir haben geplaudert.

Johann.

Strenge Dich nicht zu sehr an, mein Kind!

(geht mit Boris auf die andere Seite.)

Helene (setzt sich zu Katharina).

Was wird denn das hier, mein Herzchen?

Katharina.

Das laß ich auf — hier kommen Falten — und dann wird das Ganze so herumgenommen.

Helene.

Kleine Meisterin! (leise weiter)

Johann (zu Boris).

Nun — hast Du sie schon etwas ausgefragt?

Boris.

Ueber alles Mögliche — aber sie interessirt sich für gar nichts — weiß gar nichts. Ich frage sie, ob sie wüßte wer Nero war — sie denkt ich meine den Kettenhund. — Ich frage sie, ob sie weiß, daß die Erde rund ist — sie sagt, das wäre ihr ganz gleichgültig!

Johann.

Na, sie ist noch jung — hat noch Zeit zum Lernen!

Boris.

Nein, Onkelchen — bei aller Freundschaft — und aller Verwandtschaft — ich werde es natürlich Niemand weiter sagen — aber hier fehlt es — (sich an die Stirn fassend) sie ist sehr brustkrank — gar keine Intelligenz!

Johann.

So wirklich?

Boris.

Ja — so etwas ist mir noch nie vorgekommen. Ich

habe schon manche Nähterin gekannt — sie haben doch manchmal ein gewisses Verlangen ein Buch — oder Gedichte zu lesen — oder einen Brief zu schreiben — aber ihr Verlangen das geht über den Hammelberg nicht hinaus. Schlimm — na, aber das Herz ist gut!

Johann (mit einem Blick).

Herz? Hast Du Dir damit auch zu schaffen gemacht?

Boris (unbefangen).

Man sieht das doch so — sie ist mitleidig — liebt die Thiere — aber was nützt das Herz wenn's hier so ganz fehlt. Ihr werdet manche Sorge mit ihr haben.

Johann.

Ja, ja. —

Boris.

In Gesellschaft ist sie so gar nicht zu bringen, besonders heut zu Tage wo jedes Bürgermädel etwas französisch und englisch plappert — das lernt die im ganzen Leben nicht. — Aber bei ihrem Gelde — wird ihr wohl Manches nachgesehen.

Johann.

So viel hat sie doch nicht — um die Leute ganz blind zu machen.

Boris.

Nu — sie hat genug — (sehr gleichgültig) doch was kümmert mich das — ob sie viel oder wenig hat — ich erwarte nichts von ihr! Und was Sie betrifft, lieber Onkel — da weiß ich, daß Sie mich nicht leer ausgehen lassen.

Johann.

Ja — gewiß — wir werden schon sehn.

Boris (bei Seite).

Sehn — das ist 'ne weite Aussicht (laut) Onkel Michael

nannte mir bereits eine bestimmte Summe — er sprach
von fünf —

Johann.

— hundert Rubel — — ja 500 Rubel.

Boris (als wenn er nicht gehört hat).

Fünftausend Rubel, lieber Onkel — es ist zwar nicht
viel — aber für mich genügend — mein Gehalt dazu —
damit kann ich sehr angenehm leben.

Johann (ausweichend aber bieder).

Wir können ja darüber uns schreiben, mein lieber
Boris. Ja — ja — (will fort).

Boris (bei Seite).

O weh!

Helene (ist aufgestanden — tritt zu Johann).

Wollen wir nicht meinem Mann entgegen — er ist
zur Mühle gegangen.

Johann (unwillig).

Ist der Kerl schon wieder nach der Mühle — er will
sich da wohl einlogiren (ab).

Helene (empfindlich).

Sehr artig! (sieht daß Boris bei Katharina steht). Boris —
wollen Sie mich nicht begleiten?

Boris (war zu Katharina getreten).

Mit dem größten Vergnügen, Tantchen! (man muß ihm ansehn, daß er mit Widerwillen der Aufforderung folgt).

Helene (indem sie seinen Arm nimmt).

Sie sind immer liebenswürdig! Adieu mein Käthchen
— sei recht fleißig (Beide ab hinten).

Fünfte Scene.

Paul. Katharina.

(Sowie Helene und Boris fort sind — springt Paul aus dem Gebüsch links vor — stellt sich hin — sieht Katharina an.)

Katharina (erschreckt).

Herr Gott — Paul — wie kannst Du mich so erschrecken? (sieht auf.)

Paul.

(Hohe Stiefeln — Hosen in den Stiefeln — etwas abgeschabten Rock — nicht Nationalkostüm.)

Bitte um gnädige Vergebung — gnädiges Fräulein. Ein Flaps wie ich bin, hat nicht daran gedacht — sich anmelden zu lassen.

Katharina.

Da kriechst Du hier durch die Büsche?

Paul.

Ja — wie es sich für einen so elenden Wurm geziemt. Wenn ich durch das Thor gewollt hätte — da wäre mein Rücken schlecht weggekommen über die Mauer ging es besser. (komisch) Erlauben Sie gnädigst, daß ich mich Ihnen zu Füßen lege (macht tiefe Verbeugung).

Katharina.

Was sind denn das für Faxen?

Paul.

O ich weiß, was einem hochadeligen Fräulein gegenüber schicklich ist.

Katharina.

Rede doch nicht solchen Unsinn (schlägt ihn auf den Arm).

Paul.

Bitte — verunreinigen Sie Ihre gnadespendenden Hände nicht, durch die Berührung meiner schäbigen Hülle.

Katharina.

Bist Du hierhergekommen, um mich zu verhöhnen?

Paul.

Nein — aber ich weiß, daß ich jetzt nicht anders als zu einer Prinzessin hinaufblicken kann.

Katharina.

Dummer Mensch!

Paul.

Ja — Prinzessin — Prinzessin! — Der Onkel ein Oberst — der Vater hat eine große Erbschaft hinterlassen.

Katharina.

Unsinn!

Paul.

Ja — wie wären Sie denn sonst hier? Eine gewöhnliche Näherin brauchen sie hier nicht.

Katharina.

Nun höre auf mit dem Geschwätz — soll ich denn kein vernünftiges Wort von Dir hören?

Paul.

Wovon soll ich denn reden? Von meiner Liebe schickt es sich nicht — da Sie jetzt eine Prinzessin sind.

Katharina (hält sich die Ohren zu — geht einige Schritte fort).

Paul.

Rufe nur nicht Deine Leibwache — sie werden noch Zeit genug haben, ohne Deinen Befehl mir die Rippen einzuschlagen. — Ja — früher habe ich Dich geliebt — aber jetzt — da Sie eine Prinzessin sind — hol' Sie der Teufel!

Katharina

Jetzt fängt er noch an zu fluchen.

Paul (nimmt ihre Hand).

Ach Katharina!

Katharina (entzieht ihm unwillig die Hand).

Laß meine Hand los!

Paul.

Als ich hörte, was mit Dir geschehen ist, da wollte ich erst den Liebesschmerz, wie es sich für einen ehrlichen Menschen schickt — in Schnaps ersäufen — da fiel mir etwas solideres ein — ich wollte den Onkels die Schädel einschlagen — aber das gab ich auch auf — dafür kann man am Ende in's Zuchthaus kommen. Dann habe ich das beste Mittel ergriffen — ich habe mir eine Andere ausgesucht.

Katharina.

Gut — meinetwegen!

Paul.

Ja — ich heirathe die Marie Nikiforowna.

Katharina.

Nun gut — heirathe!

Paul.

Dir natürlich ist Alles einerlei. Sie werden Ihnen jetzt zum Bräutigam einen überseeischen Prinzen besorgen.— Na — meinethalben —! Leben Sie wohl!

Katharina.

Leb' wohl — ich danke!

Paul.

Bitte! — Aber warte nur — Du wirst schon noch an uns denken, wenn sie Dir die Zügel etwas anziehen werden. Gnädigste Prinzessin! (macht ihr dabei mit der Hand eine lange Nase.) Leben Sie wohl! (ab in's Gebüsch vorn links).

Katharina.

Geh! — (allein) das heißt mit der Marie das hat mich doch geärgert.

Sechste Scene.

Johann. Katharina.

(Johann ist im Hintergrund erschienen — als Paul die letzten Worte sprach — vortretend sehr streng und ärgerlich).

Johann.

Wer ist das?

Katharina (erschreckt und verwirrt).

Was?

Johann.

Ich frage — wer war hier bei Dir? — Wer ist er?

Katharina.

Wann?

Johann (böse).

Wann — wann? Ich verbitte mir jedes Leugnen. Er war doch hier — ich habe ihn ja mit eignen Augen gesehen.

Katharina.

Ach Sie meinen den, der eben fortging?

Johann (mit dem Fuß aufstampfend).

Nun — nun? —

Katharina.

Das — das war ein Schreiber.

Johann.

Wozu ist der hergekommen?

Katharina.

Er — er — er ist ein Bekannter!

Johann.

Wie kannst Du Dich unterstehn! — Wie kannst Du Dich unterstehn — hier Bekannte zu empfangen — ohne mir etwas gesagt zu haben.

Katharina (verlegen).

Aber ich — Onkelchen!

Johann.

Ach was! Onkelchen — Onkelchen! Wenn ich Dir er=
laubt habe, mich Onkelchen zu nennen — so geschah das
unter der Voraussetzung — daß Du Deine jetzige Lage
begreifen würdest. Du bist jetzt keine Nähmamsell mehr
— kein gewöhnliches Mädchen — Du bist ein Fräulein
— ein adeliges Fräulein. Du sollst lernen — was sich
schickt. Wer ist denn dieser Schreiber?

Katharina (kleinlaut).

Ein Bekannter!

Johann (sehr unwillig).

Das hab' ich schon gehört! — Ein naher Bekannter?

Katharina (mit verhaltenen Thränen).

Ja — ein naher!

Johann.

Hat Dir wohl früher den Hof gemacht — mit Dir
geliebäugelt — wie? (sehr streng und laut.) So sprich doch!

Katharina (bricht in Thränen aus)

Johann.

Barmherziger Schöpfer! Die Weiber! Auf Alles
eine Antwort.

Siebente Scene.

Vorige. Helene. Michael.

Helene.

Aber Käthchen — mein Herzchen — Du weinst —
warum weinst Du denn?

Johann (böse).

Ja — fragen Sie sie. — Mag sie Euch erzählen —
weshalb sie weint.

Helene.

Aber so streng? — Käthchen hör doch auf! (beschäftigt sich mit Käthchen).

Michael.

Bruder — weshalb bist Du denn so aufgebracht?

Johann.

Schönen Dank ernten wir für unsre Güte und Liebe. Ich komme soeben hierher und finde sie im Gespräch (höhnisch). Ein Gast ist erscheinen — hat ihr die Ehre seines Besuches angedeihen lassen, ein alter Bekannter, hat sich ihrer erinnert — ein Tintenkleckser!

Helene.

Aber Käthchen — Käthchen!

Johann (streng und befehlend).

Nimm Deine Arbeit zusammen Katharina — begieb Dich hinein — ins Mädchenzimmer — damit Du unter Aufsicht bist.

Helene (theilnehmend).

Geh mein Herzchen — geh! (hilft ihr die Arbeit zusammennehmen).

Katharina

(hat ihre Arbeit zusammengenommen — während sie die Augen trocknet — rechts ab).

Michael.

Bruder Johann — siehst Du — mir hat die Geschichte mit der Verwandten von Anfang an gar nicht gefallen. Ich hatte gleich ein Vorgefühl, daß die Geschichte nicht ohne Unannehmlichkeiten ablaufen würde.

Helene.

Aber sagen Sie — wer war denn das?

Johann.

Ja — meine Gnädigste — woher soll ich das wissen — ich habe mit ihr nicht zusammen gelebt — irgend ein lumpiger Schreiber.

Helene.

Haben Sie gehört — was sie sprachen?

Johann.

Nein — als ich eintrat — lief er fort — hätt' ich ihn gefaßt — so (Geste des Prügelns).

Michael.

Und was sagt sie denn?

Johann.

Du haft ja gesehn, was sie sagt. Was sagen die Weiber, wenn man ernst mit ihnen sprechen will — sie heulen — das ist das ganze Gespräch!

Michael.

Ein schlimmes Ding, Bruder Johann!

Johann.

Ja — Boris hat ganz recht — zu zeigen ist sie nicht — wir müssen sie von aller Welt fern halten.

Helene.

Das ist ja aber sehr betrübend!

Achte Scene.

Vorige. Boris.

Boris (von hinten — herangetreten).

Was ist denn betrübend Tantchen?

Helene.

Der Schwager hat Katharina mit Jemand überrascht.

Boris (verwundert — sieht Johann an).

Ah!

Johann.

Ja — das Verdächtigste dabei ist, daß er sich hereingeschlichen hat. Wenn er ein gutes Gewissen gehabt hätte — oder ein gewöhnlicher Bekannter wäre, hätte er ja

ganz offen herkommen können. Vor 3 Tagen war auch
ein Pathe hier — bat um Protection — aber der —
der hatte gelauert, um sie allein zu sehn — keinen von
uns zu finden. Wer weiß, was der für Rechte haben mag.

Boris.

Verzeihen Sie, Onkelchen — weshalb haben Sie sie
nicht ausgefragt?

Helene.

Die gute Seele weinte ja fortwährend.

Boris.

Da sind Sie gewiß sehr heftig gewesen.

Johann.

Die Geduld reißt einem auch — ich bitte Dich!

Boris.

Sie hat einen eigenthümlichen Charakter — mit Strenge
richtet man da nichts aus. — Wären Sie mit Güte so
hinten herumgekommen — da hätte Sie Ihnen Alles gesagt — jetzt sagt sie kein Wort.

Johann.

Ja — Du hast Recht Boris — was aber thun?

Helene.

Ja — könnten wir nicht wieder den Kammerdiener
fragen?

Boris (schnell).

Nein — Tantchen — entschuldigen Sie — das paßt
wohl nicht. Katharina ist doch immer unsre nahe Verwandte — und da einen Diener hineinzumischen. —

Johann.

Schickt sich nicht, schickt sich nicht — gewiß!

Boris.

Ich wüßte wohl. — —

Michael und **Johann** (zugleich).

Nun was?

Boris.

Ja — wenn ich Ihnen damit einen Gefallen thue —
so will ich sie ausforschen — so — als wenn ich von
ganz andern Dingen mit ihr sprechen wollte — ich bin
überzeugt — es wird mir gelingen.

Michael.

Wenn Du meinst. —

Johann.

Ja — ich habe nichts dagegen.

Boris (sieht nach der Uhr).

12 Uhr — gehen Sie gefälligst zum Frühstück — und
schicken Sie Katharina hierher — so — um mich zu
rufen. Da werde ich sie so fragen, warum zankte denn
der Onkel — und dann lock' ich's ihr so allmählich
heraus.

Michael.

Sehr gut!

Boris.

Denkt Euch, wenn sie wirklich eine Liebe hätte. —

Helene.

Entsetzlich!

Boris.

Man könnte doch nicht dem ersten besten Schreiber
das ganze Vermögen des Onkels überlassen.

Michael und Helene.

Nein — nein!

Johann.

Was war das vom Bruder Wilhelm für eine unver-
zeihliche Dummheit, diese Jöre zur einzigen Erbin des
ganzen Vermögens einzusetzen! — Meinetwegen sorge für

ihre Zukunft setze ihr 10,000 — 12,000 — meinetwegen auch 15,000 Rubel aus — es ist nun einmal seine Tochter! Aber ihr Alles geben — das war eine Eselei!

Michael.

Und wozu — sie weiß gar nicht — was sie mit dem Gelde anfangen soll.

Helene.

Wir wüßten schon, was wir damit anfangen!

Johann.

Er lebte wie ein Trobbel und starb wie ein Trobbel. Das Testament hat er wahrscheinlich gemacht nach einem starken Frühstück — nachher hat er gar nicht mehr an das Mädchen gedacht!

Helene (zu Michael).

Komm' nur — komm'!

Michael.

Ja — gehn wir!

Johann (im Abgehn).

Welches Rhinozeros!

(Helene, Michael und Johann ab rechts).

Boris

(allein — nimmt eine Cigarette aus der Tasche, zündet sie an — geht etwas auf und ab — nachdenklich — nach kleiner Pause).

Hm — hm — ein Nebenbuhler — ich denke nein. Ich halte unser Käthchen für zu dumm, als daß sie sich ernstlich verlieben könnte. Es wird irgend ein Jugendgespiele sein — aus der Zeit — wo sie barfuß herumlief. Vielleicht haben sie zusammen Stachelbeeren gepflückt — Nüsse geknackt, vielleicht hat er ihr zum Namenstag eine Tasse geschenkt mit der Aufschrift „ich gratulire" — sie hat ihm ein Vorhemdchen mit eigener Hand gestickt. Man weiß ja, wie das geht. Vielleicht hat er sie auch einmal ein Bischen abgeküßt! — Nein, es steckt nicht viel dahinter — Kinderei — nichts von Dauer. Wir werden ja sehen! (hat sich links auf die Bank gesetzt.)

Neunte Scene.

Katharina. Boris.

Katharina (von hinten — rechts).
Boris — Sie sollen zum Frühstück kommen!

Boris.
Katharinchen — kommen Sie hierher! (winkt sie freundlich zu sich heran.)

Katharina.
Nein — die Onkel warten!

Boris.
Kommen Sie — setzen Sie sich hierher.

Katharina (näher kommend).
Sie schelten wieder Boris.

Boris.
Fürchten Sie nichts — sie werden nicht schelten. (nimmt sie bei der Hand) Sie haben Sie nicht hierher geschickt — um mich zu rufen — dazu hätten sie den Diener gehabt Sie haben Sie hergeschickt Katharinchen — damit ich allein mit Ihnen reden kann — wir haben das verabredet.

Katharina.
Aber wovon denn reden?

Boris.
Setzen Sie sich Katharinchen! (zieht sie nieder, daß sie sich neben ihn auf die Bank setzt.) Fürchten Sie sich nicht — ich mache es nicht wie die Onkel — ich habe ihnen versprochen Sie über etwas auszufragen, aber Sie können ganz ruhig sein, mein Herzchen, ich werde ihnen nichts wieder sagen.— Sie haben mich vorhin gefragt — warum ich in deren

Gegenwart so bescheiden und zurückhaltend bin — ja sehen Sie, Käthchen, wenn ich eben nicht der bescheidene Mensch schiene, dann würden sie mir nie erlauben, daß ich allein mit Ihnen plauderte — so wie jetzt — so unter vier Augen. Ich hätte dieselbe Behandlung erfahren wie Sie vorhin, wegen Ihres Freundes und ich müßte Sie hier ganz allein zurücklassen — Sie hätten Niemand dem Sie Ihr Herz ausschütten könnten, und Sie sind dessen doch so bedürftig! Ich denke mir, Sie verstehen mich und Sie sehen ein — daß die Andern nur heucheln — Niemand von Allen Sie liebt. — Ja — was sehen Sie mich so erschrocken an?

Katharina (hat ihn erschrocken angesehen).

Nein — nein!

Boris.

Sie brauchen sich nicht zu ängstigen, Sie können mit mir ganz offen sprechen — und wenn Ihnen Jemand ein Leid zufügen wollte — ich würde mich immer Ihrer an= nehmen. Glauben Sie das Käthchen?

Katharina.

Ich glaube es Ihnen Boris.

Boris.

Glauben Sie mir ferner, daß ich lediglich darüber nachsinne — wie ich Ihnen dienen — Sie lustig und glücklich machen könnte. Glauben Sie mir das Käthchen?

Katharina.

Ja — ich glaube Ihnen, Boris.

Boris.

Gut denn! Wenn Sie mir glauben — dann folgen Sie mir auch und antworten auf alle meine Fragen — unbedingt auf alle!

Katharina (sieht ihn forschend und zweifelnd an).

Werden Sie es dem Onkel wirklich nicht wieder sagen?

Boris.

Aber sehen Sie denn immer noch nicht ein, Käthchen, daß Sie mir theurer sind, als alle diese Onkel?

Katharina (überzeugt).

Nun gut! Fragen Sie mich Boris!

Boris.

Wer ist der junge Mann, der heute bei Ihnen war?

Katharina.

Ein Schreiber! — Als ich noch Näherin war — kam er öfters zu unserer Prinzipalin. Soll ich Ihnen seinen Namen sagen?

Boris.

Ja — auch den Namen.

Katharina.

Er heißt Paul Szuschkin.

Boris.

Haben Sie ihn rufen lassen, oder ist er von selbst gekommen?

Katharina.

Von selbst! Kein Wort habe ich gewußt — er kam hier durch die Büsche.

Boris.

Weshalb weinten Sie denn — als der Onkel Sie befragte?

Katharina.

Mir war so ängstlich!

Boris.

Weshalb?

Katharina.

Ich weiß es selbst nicht — es schnürte mir das Herz

5*

so zu. Wie soll ich's Ihnen erklären — wenn ich mit Ihnen spreche — so fühle ich, daß ich mit einem Verwandten spreche — aber mit den Andern — da (stockt).

Boris.

Da fühlen Sie sich beklommen — Sie ängstigen sich — als stände Ihnen etwas Schlimmes bevor.

Katharina (auffassend).

Ja — jawohl — ganz so ist es mir!

Boris.

Am liebsten gingen Sie wieder zu Ihrer Principalin zurück?

Katharina.

O, ich weiß, Boris — daß ich jetzt nicht fortlaufen darf — aber sagen muß ich es doch — daß ich mich bei meiner Principalin wohler fühlte. Sie hat uns nie zuviel aufgebürdet und dann wußte man, wie man sich zu benehmen hatte. Hier aber fürchtet man sich und zittert fortwährend — ohne zu wissen — weshalb.

Boris.

Sie haben sich an die Leute noch nicht gewöhnt!

Katharina.

Wahrscheinlich. Früher wußte ja Niemand von mir, Niemand hat sich um mich bekümmert — jetzt aber spricht der Graf mit mir und die anderen Herrschaften — und ich weiß nicht, was ich ihnen antworten soll.

Boris.

(Ist während ihrer Rede aufgestanden — geht auf und ab Cigarette rauchend.)

Käthchen! (steht einige Schritte von ihm entfernt).

Katharina.

Wollen wir nicht gehen, Boris? Sie warten!

Boris.

Was liegt daran! Sagen Sie mir auf's Gewissen —

der junge Mann — der heut hier war — — — lieben
Sie ihn?

Katharina.

Weshalb wollen Sie das wissen? (sieht verlegen zur Erde)

Boris.

Da ich Dich frage — ist es nöthig, daß ich es weiß.

Katharina.

Er wollte mich heirathen!

Boris.

Es war also Dein Bräutigam?

Katharina.

Ja!

Boris.

Kam er hierher, um Dich daran zu erinnern?

Katharina.

Nein! Er kam um mit mir zu zanken.

Boris.

Um zu zanken?

Katharina.

Ja — machte sich lustig über mich, schimpfte mich
Prinzessin!

Boris.

Ah — also Sie lieben ihn nicht mehr?

Katharina.

Was würde das helfen — selbst wenn ich ihn noch
liebte. Wozu? Der Onkel würde nie seine Einwilligung
geben und dann hat er mir heut selbst gesagt, daß er
Marie heirathen wolle.

Boris.

Sie sind ein Mordsmädchen, Käthchen — Sie sehen
ein, daß Sie ihn jetzt vergessen müssen (geht auf und ab).

Katharina.

Er hat mich heut sehr beleidigt!

Boris.

(Wirft entschlossen die Cigarette fort, tritt zu Käthchen, so daß er hinter ihr steht — stützt sich auf die Lehne der Bank.)

Kathrinchen — (nimmt sie bei der Hand).

Katharina.

Nein, Boris — bitte lassen Sie mich — ich bin so ängstlich geworden (läßt ihm die Hand).

Boris (die Hand streichelnd).

Käthchen — sagen Sie mir — bin ich häßlicher als Ihr Schreiber?

Katharina.

Sie? (sieht ihn groß an)

Boris.

Nun ja — ich — weshalb wundern Sie sich? (setzt sich wieder neben sie) Hören Sie mich aufmerksam an und verstehen Sie wohl, was ich Ihnen sagen werde. Sie sehen ein, daß Sie jetzt alles Frühere vergessen und ein ganz neues Leben beginnen müssen. Mögen Sie nun bei diesem oder jenem Onkel leben — es wird Ihnen immer gleich schlecht gehen. Sie werden nicht geliebt und lieben auch nicht.

Katharina.

O — ich wage gar nicht — sie nicht zu lieben.

Boris.

Mir gegenüber können Sie es schon wagen — denn offen gestanden — ich kann sie auch nicht ausstehn. Ich weiß wie Alles kommen wird — sie werden streng und böse werden — Sie so gut — eingeschüchtert — werden sich nicht wehren können — Sie werden in einem Winkelchen weinen und dahin welken. — Nun — grämen Sie sich nicht Käthchen, es giebt ein Mittel, Sie zu erlösen. Käthchen — weiß Gott, ich habe Sie von Herzen liebgewonnen, ich weiß nicht warum — aber ich empfinde für Sie so warm — so innig — ich bin besser, wie Ihr Schreiber — in Allem besser — ich würde mir eher die Zunge abbeißen, als daß ich Sie auslachen würde — hauptsächlich jetzt — wo Sie von den Onkeln genug schon zu leiden haben. (Kleine Pause.) Wollen Sie Käthchen — so heirathe ich Sie.

Katharina (erstaunt).

Ja — sind Sie bei Trost?

Boris.

Das klingt Ihnen wunderbar. Ja — ich sage Ihnen, ich habe nur einen Gedanken — mit Ihnen zusammen zu sein — Sie zu erfreuen — stets für Sie zu sorgen. Käthchen — der Gedanke, daß diese Onkels Sie quälen könnten, schnürt mir das Herz zusammen. Glauben Sie mir — Niemand wird Sie so beglücken als ich! Sind Sie einverstanden, Käthchen? (Hand nehmend)

Katharina.

Ich weiß nicht, was mit mir vorgeht, Boris — ist dies ein Traum oder ein Wunder?

Boris (umfaßt sie).

Kein Wunder — keine Zauberei — fasse Dir ein Herz, Käthchen.

Katharina.

Ach — ich ängstige mich so sehr!

Boris.

Wenn man liebt — braucht man sich nicht zu ängstigen. Gehörst Du erst mir — werde ich Niemand erlauben Dir auch nur ein böses Wort zu sagen. Fährst Du aber fort Dich zu fürchten und faßest keinen Entschluß — ja — dann muß ich morgen auch fortreisen — und dann können die Onkel mit Dir machen, was sie wollen. Nun, Käthchen, bist Du denn noch nicht entschossen?

Katharina.

Mein Gott — was soll ich thun?

Boris.

Ich werde für Dich handeln, Käthchen. — Glaube mir, mit mir wirst Du glücklich und zufrieden sein — ich gehe jetzt zu den Onkels und werde ihnen sagen — daß wir einander gefallen — uns lieb haben und uns heirathen werden. Adieu Käthchen! (schnell ab, hinten rechts).

Katharina.

(Sieht ihm stumm nach — bedeckt dann das Gesicht mit der Schürze.)

Zehnte Scene.

Paul. Katharina.

Paul.

(Vorsichtig aus dem Gebüsch tretend — geht vorsichtig zu Katharina heran — nimmt ihre Hand von den Augen.)

Katharina.

Paul — Du hier!

Paul (sehr betrübt).

Ja, Kathinka!

Katharina (noch nicht ganz beruhigt).

Was willst Du denn, Du böser Mensch — kommst Du wieder, um mich zu verhöhnen? (steht auf — dreht ihm den Rücken zu).

Paul.

Nein — auch vorhin kam der Hohn nicht aus meinem Herzen — es war der Schmerz über Deinen Verlust. Aber jetzt, wo ich Alles gehört habe, was Dein Verwandter Dir sagte — jetzt komme ich um Dir zu sagen —

Katharina (dreht sich zu ihm).

Spare Deine Vorwürfe — — Du bist an Allem schuld.

Paul.

Nicht Vorwürfe will ich Dir machen — sondern Dir sagen, daß Du in Deiner Lage den Worten dieses Mannes folgen mußt.

Katharina.

Du sagst das?

Paul.

Ja ich — weil ich Dein Glück höher stelle als das meinige. Leb wohl, Kathrinchen, sei glücklich! (will fort).

Katharina.

Aber Paul — so kannst Du scheiden?

Paul (kehrt um — giebt ihr die Hand).

Katharina — (sieht fort — um seine Rührung zu verbergen).

Katharina.

Du siehst mich nicht an?

Paul.
(Küßt ihr die Hand.)

Katharina.

Leb wohl, Paul! (küßt ihr wieder die Hand) Früher gingen wir nicht so auseinander.

Paul.

Früher — Käthchen — ja früher, Käthchen! (sieht sie voll an)

Katharina (fällt ihm um den Hals).

Da war es anders, Paul!

Paul (küßt sie).

Ja wohl — mein Käthchen!

Katharina.

Wie glücklich waren wir, Paul! (Kuß.)

Paul.

Ich werde es nie vergessen! (Kuß.)

Katharina.

Ich auch nicht Paul! (Kuß.)

Paul.

Aber nun muß ich fort! (Kuß.)

Katharina.

Ach Paul — ich sterbe! (Kuß.)

Paul.

Adieu Käthchen! (Kuß — reißt sich los — schnell ab links.)

Katharina.

Der gute Junge — oh ich werde ihn nie vergessen! (Nimmt die Schürze wieder vor die Augen.)

Elfte Scene.

Boris. Katharina.

Boris.

Du weinst Käthchen? — Ja, ja — das Glück ist Dir unerwartet gekommen — aber jetzt sei ruhig — die Verwandten sind auf dem Wege hierher — ich kehrte wieder um — es ist besser, daß sie uns beisammen finden.

Zwölfte Scene.

Vorige. Johann. Michael.

Johann (nimmt Boris bei Seite).

Nun, mein Lieber — wie steht's — was hast Du erfahren?

Boris.

Wir brauchen nicht zu flüstern Onkelchen. — Sie haben ihr Angst gemacht — deshalb weinte sie. Die Geschichte mit dem Schreiber hat nichts auf sich.

Michael.

So — so.

Boris.

Ja — sie könnte Euch das jetzt selbst sagen.

Johann.

Das freut mich — das freut mich!

Michael.

Mich ebenfalls!

(Boris in der Mitte — Johann links — Michael rechts.)

Johann.

Ich danke Dir! (giebt ihm die Hand).

Boris.

Meine lieben Onkel — außerdem habe ich Ihnen noch etwas mitzutheilen, was Ihnen nicht minder angenehm sein wird.

Johann.

So — was denn?

Michael. } zugleich.

Heraus damit!

Boris.

Ich weiß ja — wie theilnehmend Ihr seid — (giebt Beiden die Hände).

Michael und Johann (geben ihm die Hände — halten sie fest).

Boris.

Nun denn — so wisset, meine theuren Onkel — ich habe mich mit Käthchen ausgesprochen — wir haben uns Beide liebgewonnen — sie hat mir soeben versprochen meine Frau zu werden.

Michael und Johann (werfen die Hände von sich).

Michael.

Spitzbube!

Johann. } zugleich.

Du Lümmel!

Boris (freundlich und lächelnd).

Ja — ist Ihnen das nicht recht?

Dreizehnte Scene.

Vorige. Dorothea. Helena.

Johann.

Heda — hier — kommt schnell — gratulirt doch dem Bräutigam und der Braut.

Helene.

Braut — wo — wer — wie — was?

Johann.

Hier ist sie und hier ist er.

Helene.

Was Käthchen — und Du bist einverstanden? (will auf Katharina zu).

Boris.

Erlauben Sie Tantchen (geht schnell zu Katharina) sie ist schon genug eingeschüchtert. (Nimmt Katharina bei der Hand.) Sage Du selbst es Ihnen Käthchen, daß Du einverstanden bist.

Katharina.

Ja — wie er will — so will ich auch.

Dorothea (auf Katharina zu).

Ist es möglich — Käthchen — mein geliebtes Töchterchen — mein Goldkind!

Johann.

Du hast Ihr von der Erbschaft gesagt!

Boris.

Für wen halten Sie mich?

Johann.

Hallunke! (geht nach rechts)

Michael.

Wir haben eine Schlange an unserm Busen genährt.

Helene.

Wie niedrig — ach wie niedrig!

(Michael, Johann, Helene rechts — Dorothea, Katharina, Boris links.)

Dorothea.

O — welch' ein Sohn!

Boris.

Meine lieben Onkel — bitte seguet uns.

Johann.

Hol' Dich der Teufel! (geht nach hinten)

Michael.

Geh' zum Henker! (geht nach hinten)

Boris.

Segnen Sie uns wenigstens Tantchen!

Helene.

(Dreht ihm den Rücken, geht auch ab.)

Dorothea.

Ich segne Euch dafür doppelt meine Kinder!

(Der Vorhang fällt.)

Dritter Akt.

(Großes Zimmer — sehr reich und elegant eingerichtet, hinten durch die offne Thür eine Verande sichtbar. Links und rechts Thüren. Vorn rechts ein Fenster.)

Erste Scene.

Michael. Johann.

Johann (sitzt links an einem Schreibtisch arbeitend).

Michael (tritt durch die Mitte ein — Papiere in der Hand).

Lieber Bruder, ich komme aus der Brennerei — willst Du das nicht nehmen?

Johann.

Was ist das?

Michael.

Rechnungen!

Johann.

Gieb sie doch dem Boris.

Michael.

Dem Boris? Wir sind doch die Verwalter.

Johann (höhnisch).

Aber er ist unser Controlleur! —

Michael.

Es ist unverantwortlich, daß wir uns von dem jungen Menschen so hinter's Licht führen ließen.

Johann.

Ein Hellseher bist Du ja nie gewesen — und Du bist schuld, daß ich alter Kerl auch in sein Netz gegangen bin.

Michael.

Schade — wir hätten hier vier Jahre oder noch länger in aller Ruhe so recht gemüthlich wirthschaften können.

Johann.

Jetzt wisch' Dir nur den Mund!

Michael.

Bruder — weißt Du — Du kennst mich, ich bin ein guter Mensch — aber wenn ich diesen Boris anführen könnte — das sollte mir eine unsinnige Freude machen.

Johann (trommelt auf den Tisch).

So?

Michael.

Ich werde einmal darüber nachdenken! (Geht auf und ab, Hände auf den Rücken.) Wenn ich nachdenke fällt mir schon etwas ein — das kannst Du mir glauben!

Johann (steht auf).

Wenn ich auf Deine Einfälle warten wollte! — lauf' nicht wieder so herum — — ich habe bereits gehandelt. Hör' zu. Zuerst habe ich diesen elenden Schreiber wieder herbestellt.

Michael (verwundert).

Ah!

Johann.

Alles vorbereitet, daß er mit Katharina zusammentreffen muß!

Michael.

Das wird den Boris ärgern! — sehr fein!

Johann.

Dann habe ich dafür gesorgt, daß Boris schnell abberufen wird.

Michael (sieht Johann erstaunt an).

Ach? (zeigt dann fragend nach oben.)

Johann (abwehrend).

Nicht doch! — Er wird eine Nachricht bekommen, die ihn sofort zur Abreise bestimmt.

Michael.

Ah! — wenn sie aber dann den Schreiber nimmt?

Johann.

O Du heller Kopf! Sowie Boris fort ist kriegt der Kerl ein paar tausend Rubel und heirathet seine Marie. Dann sind wir den Boris los — den Kerl los — die Katharina wird eingepackt, kommt in eine Pension — ich werde dafür sorgen, daß sie kein Mensch zu Gesicht bekommt — inzwischen verwalten wir das Vermögen.

Michael (umarmt und küßt ihn).

Johann.

Aber wenn Du Dir etwas merken läßt — Du Schwätzer! (droht ihn)

Michael.

Brüderchen!

Johann.

Jetzt laß uns gehn — ich dem Schreiber entgegen — (will gehen) — ja — lieber Bruder — hast Du noch Geld bei Dir — einige Tausend Rubel?

Michael.

Wozu Brüderchen — wozu?

Johann.

Nun — ich möchte dem hungrigen Schmierer etwas in die Hand drücken — wenn so ein Kerl Geld sieht, verkauft er seine Seele.

Michael.

Gern Brüderchen — aber Du — ich erinnere Dich

daran, daß ich das Geschenk für die Dienerschaft auch ausgelegt habe.

Johann.

Das war ja auch Dein Gedanke, lieber Bruder!

Michael.

1980 Rubel — ich habe es aufgeschrieben — hier.

Johann.

Laß nur — komm — gieb mir das Geld — und dann lege Dich schlafen, das fördert die Sache am besten. (Nimmt Michael's Arm.)

Michael.

Aber. — — (Beide ab links.)

Zweite Scene.

Boris. Katharina.

Boris (mit Katharina von rechts auftretend — er hat Papiere in der Hand).

Wir richten uns also unser künftiges Leben ein, ganz wie ich Dir sagte. Gleich nach der Hochzeit begeben wir uns zunächst nach Italien — Paris — und wo es Dir am besten gefällt — da halten wir uns am längsten auf.

Katharina.

Mache das ganz wie Du willst, Boris — ich verstehe nichts davon (wendet sich theilnahmslos nach rechts — betrachtet die Möbelstoffe).

Boris (für sich).

Kein vernünftiges Wort ist mit ihr zu reden.

Katharina
(hat durchs Fenster gesehen — etwas überrascht — bei Seite).

Der Paul — wie kommt der hierher?

Boris (der inzwischen in seine Papiere gesehen hat).

Mein liebes Käthchen — ich habe augenblicklich viel Geschäfte. — —

Katharina (schnell).

Soll ich vielleicht in den Garten gehen?

Boris.

Ja, mein Kind — geh' in den Garten.

Katharina.

Adieu Boris! (mit einem Blick nach dem Fenster, für sich) Was Paul nur will? (ab durch die Mitte)

Dritte Scene.

Boris dann Diener.

Boris.

Hm — hm — das wird eine schwere Aufgabe sein mit diesem Geschöpf zusammen zu leben. Kein Gedanke der sie fesselt — kein Wort das sie versteht. Ja — aber — (Bewegung) denken wir nicht mehr daran — vorläufig machen mir die verdammten Papiere hier ebensoviel Kopfzerbrechen! (klingelt — setzt sich an den Tisch — zu dem eintretenden Diener) Rufe mir den Kammerdiener! (sieht in die Papiere — Diener ab) Wunderbar und unbegreiflich — ganz unbegreiflich! 5500 — 7000 — 20,200 — ich mag rechnen wie ich will — immer dasselbe Resultat.

Vierte Scene.

Boris. Andreas.

Andreas.

Der gnädige Herr haben befohlen?

Boris.

Kommen Sie näher — setzen Sie sich — sagen Sie — Sie sind bereits 6 Jahre bei dem Verstorbenen.

Andreas (hat sich gesetzt).

Jawohl, 6 Jahr!

Boris.

Sagen Sie mir — wie es scheint hat der Onkel auf großem Fuß gelebt?

Andreas.

Ja — wie es einem solchen Herrn zukommt.

Boris.

Vielleicht wissen Sie etwas von der Sache — können das aufklären! Sehen Sie mal hier. Laut einem Verzeichniß welches wir vorgefunden haben, ist eine Spinnerei in dem Gouvernement Kasan vorhanden — in der Wirklichkeit stellt sich heraus, daß diese Fabrik fünf Jahre nach Abfassung des Testaments für 95,000 Rubel verkauft wurde. Geschah das zu Ihrer Zeit?

Andreas.

Jawohl — ich entsinne mich genau!

Boris.

Wo sind nun, mein Bester, diese 95,000 Rubel hingekommen? Nirgend ist etwas darüber zu finden.

Andreas.

Das glaub' ich!

Boris.

Wie so denn?

Andreas.

Warum wurde denn die Fabrik überhaupt verkauft?

Boris.

Das möcht' ich eben wissen.

Andreas.

Nun, weil der verstorbene Herr an den Gutsbesitzer Wodkin 53,000 Rubel im Spiel verloren hatte.

Boris (erstaunt).

Spiel verloren — was für ein Spiel?

6*

Andreas

(sehr ernst und würdevoll — macht Handbewegung „meine Tante, deine Tante").

Boris.

Karten?

Andreas.

Ja — ja — die Fabrik wurde verkauft, um die Sache glatt zu machen.

Boris.

Das ist nett und die übrigen 42,000 Rubel?

Andreas.

Ja — das kann ich nicht sagen — die haben sich wohl so verläppert.

Boris.

Aha — da hat wohl Mancher seine Hand darin gewaschen?

Andreas (etwas verletzt).

Wem's paßt — der stiehlt — aber es giebt auch Menschen, die des Geldes halber keine Sünde auf sich laden (will aufstehen).

Boris.

Um Gotteswillen beziehen Sie das gar nicht auf sich — (giebt ihm die Hand) Sie sind der Einzige — den ich hier für einen ehrlichen Mann halte — darum rede ich so offen mit Ihnen. Sehen Sie, jetzt wo ich die Papiere und Documente des Verstorbenen in Ordnung bringe und mit dem Testament vergleiche — da stellt sich eine solche Differenz heraus — daß man bei Gott nicht weiß, was man davon denken soll. Bis jetzt fehlen 200,000 Rubel die müssen doch irgendwie ausgegeben sein. In Karten verspielt 50,000 — 70,000 sagen wir selbst — aber doch nicht die ganzen 200,000. Sie waren ja fortwährend um ihn herum. Sie müssen doch wissen — was er ge=

macht haben kann — mit wem er in Verbindung stand — vielleicht ist noch irgend etwas zu retten.

Andreas.

Zu retten — ach verborgt hat er nichts — aber hat sich nie etwas versagt. Was ihm in den Kopf kam — es mochte kosten, was es wollte — das mußte er haben. Als er mit der Wittwe Stiefelmeier das Verhältniß hatte, was ist da für Geld hingekommen — das ist gar nicht zusammen zu zählen — und die nicht allein — das Geld flog nur so!

Boris (aufhorchend).

Ein Wagen — sehen Sie nach — wer da angekommen ist. (Andreas steht auf, geht durch die Mitte ab.) Hat sich nie etwas versagt — ja, ja — er hat gelebt — geliebt — Geld ausgegeben — aber wie? Hier in der Einöde, Karten und die Wittwe Stiefelmeier — es ist eigentlich miserabel!

Andreas (meldend).

Der Landrath Graf Liutin.

Boris.

Gehen Sie ihm entgegen — führen Sie ihn hierher.
(Andreas ab.)
Das Geld scheint wirklich fort zu sein — warum wußte ich nicht, daß solcher Onkel existirte — man hätte ja auch etwas davon haben können — wie dumm — wie dumm — und dabei schmolz die Erbschaft jeden Tag! Es ist ein wahres Glück, daß er jetzt gestorben ist — sonst wäre der Rest von 200,000 Rubel auch an irgend eine Wittwe gegangen. Ah — Herr Graf!

Fünfte Scene.

Graf Liutin. Boris. Andreas.

Graf Liutin (durch die Mitte).

Wie freue ich mich, lieber Boris, daß ich Sie wenigstens zu Hause finde.

Boris.

Ich bin mit Arbeit so überhäuft, daß ich wirklich wenig ausgehen kann. Acten=Rechnungen — es ist entsetzlich langweilig (zu Andreas — der im Hintergrunde stehen geblieben und ihm zuwinkt) Was hast Du?

Andreas.

Eine Depesche, gnädiger Herr!

Boris.

Erlauben Sie mir, Herr Graf?

Graf Liutin.

O — ich bitte!

Boris.

(Oeffnet die Depesche und liest.)

Graf Liutin.

Hoffentlich keine schlechte Nachricht?

Boris.

Es brennt bei mir! (zu Andreas) Es ist gut! (Andreas ab)

Graf Liutin.

O — ich bedaure!

Boris (steckt die Depesche ein).

Lassen Sie es brennen — der Schwerpunkt meines Lebens liegt ja hier — außerdem bin ich hoch versichert.

Graf Liutin.

Ich freue mich, daß Sie das so ruhig hinnehmen — aber ich will Sie dennoch nicht aufhalten — ich habe hier einen Brief für Ihren Onkel — hätten Sie wohl die Gewogenheit denselben zu übergeben (giebt ihm einen Brief).

Boris.

Mit Vergnügen!

Graf Lintin.

Es ist mir sehr lieb, daß ich den Brief durch Sie zustellen kann — Sie könnten den Onkel vorbereiten — er enthält eine etwas unangenehme Mittheilung für ihn.

Boris.

Darf man sie nicht wissen?

Graf Lintin (geht Arm in Arm mit Boris).

Zum Glück stand es in meiner Macht — daß die Sache bis jetzt nicht öffentlich werden konnte.

Boris.

Welche Sache?

Graf Lintin.

Es sind uns nämlich verschiedene Wechsel des Verstorbenen präsentirt.

Boris.

Wechsel?

Graf Lintin.

Ja — offen gestanden — eine ziemlich bedeutende Summe.

Boris.

Ah!

Graf Lintin.

Es scheint, Alles in Allem werden es 190,000 Rubel und eine Kleinigkeit darüber sein — ich entsinne mich nicht genau und noch eine kleine Forderung von 25,000 Rubel eines Ingenieurs; in dem Briefe liegt ein genaues Verzeichniß.

Boris.

Diese Wechsel haben Sie gesehen?

Graf Liutin.

Ja — sie sind bei mir.

Boris.

Ah!

Graf Liutin.

Ich bekomme auch noch ungefähr 2000 Rubel von der letzten L'hombre-Parthie — ich habe mir erlaubt die Quittung gleich beizulegen.

Boris (bei Seite).

Das wird gut!

Graf Liutin.

Das hat Sie ein wenig verstimmt — ich war wirklich selbst überrascht. Que voulez-vous? Ja — der Verstorbene lebte gern gut.

Boris.

Das merk' ich!

Graf Liutin.

Er ließ gern etwas drauf gehen.

Boris.

Alle Achtung!

Graf Liutin.

Uebrigens war er ja so reich, daß von der zurückgebliebenen Erbschaft — —

Boris (sehr kleinlaut).

Jawohl — ja. Ich werde den Brief dem Onkel übergeben.

Sechste Scene.

Vorige. Katharina.

Katharina (tritt d. d. M. ein — elegante Toilette).

Graf Liutin.

Sein Sie so gütig, lieber Boris — sagen Sie, daß

ich die Wechsel vorläufig liegen lasse — zurückhalte bis es ihnen paßt, die Sache zu ordnen! (sieht Katharina) Ach Katharina Wassiljewna — wie geht es Ihnen — wo sind denn die Onkel? (giebt ihr die Hand)

Katharina (Knix machend).

Ich sah sie im Garten und glaube, sie sind nach dem Kirchhof gegangen.

Graf Liutin.

Sie werden immer schöner, mein Fräulein! Lieber Boris — ich habe Eile! — Mein Fräulein — ich habe die Ehre. (Macht Verbeugung — ab d. b. M. Boris steht vorn — Katharina hinten an der Thür. Man sieht — daß sie etwas verlegen ist.)

Boris (für sich).

Eine schöne Nachricht — das fehlte gerade noch. Er hat also Alles todtgeschlagen — Alles — bis auf den letzten Pfennig — gar nichts zurückgelassen — (sieht sich um mit Ironie) doch — (auf Katharina zeigend) — die Jungfrau!

Katharina (schüchtern).

Lieber Boris! (tritt vor).

Boris (mürrisch und kurz).

Nun — was ist gefällig?

Katharina.

Sind Sie böse?

Boris (sich zusammennehmend — milder).

Nein Käthchen — nein! (wieder kurz) was hast Du?

Katharina.

Um Gotteswillen, Boris — sprechen Sie nicht in diesem Tone zu mir — Sie sind es allein, auf den ich meine ganze Hoffnung stütze.

Boris (ungeduldig).

Nun, was soll ich — was willst Du?

Katharina (wieder eingeschüchtert).

O — ich — — wollte nur.

Boris (für sich).

Vielleicht noch eine unangenehme Nachricht! Na, meinet=
wegen — besser auf einmal als löffelweis. (milder) Mein
Käthchen — ich kann nicht immer lustig und heiter sein,
was hattest Du mir denn zu sagen?

Katharina.

Ich gestehe -- ich habe Sie aufgesucht, um mit Ihnen
über etwas sehr Wichtiges zu sprechen. Sie dürfen aber
nicht böse werden!

Boris (ungeduldig).

Nein, nein — so rede doch nur!

Katharina.

Glauben Sie nur, ich bin wirklich nicht schuld — es
geschah ganz zufällig. —

Boris (ungeduldig).

Was — was geschah?

Katharina (zögernd).

Ich habe ihn wiedergesehen.

Boris.

Wen?

Katharina.

Den — den Schreiber — den Paul. —

Boris.

Ah so — (plötzlich einen Gedanken fassend).

Katharina.

Kaum daß ich Sie verlassen hatte — und in den
Garten ging — darüber nachdachte — was Sie mir
Alles gesagt hatten — trat mir der Paul entgegen (flehend)
bitte — werden Sie nicht böse!

Boris (nimmt ihre Hand — gütig).

Nein — nein! Aber was wollte er von Dir?

Katharina.

Er kam — um mich nm Verzeihung zu bitten.

Boris.

Das ist doch wirklich ein lieber Mensch!

Katharina.

Ja — er ist sehr gut — denken Sie — er hat sogar geweint.

Boris (theilnehmend).

Auch geweint hat er — (bei Seite) netter Kerl!

Katharina.

Ja — bei Gott — es war sehr traurig!

Boris.

Das kann ich mir lebhaft denken. Es scheint, daß der gute Junge Dich aufrichtig liebt.

Katharina (aufrichtig).

Ach — und wie liebt er mich Boris — ich glaube auf der ganzen Welt giebt's keine solche Liebe mehr. Die Geschichte mit der Marie hat er mir nur in seiner Ver= zweiflung vorerzählt — weil er glaubte, ich wäre für ihn verloren. — Es fällt ihm nicht ein, sie zu heirathen! Wahrhaftig nicht!

Boris (Kopf hin und her wiegend).

Hm, hm, hm — — Käthchen sage mir ganz auf= richtig — Du liebst ihn am Ende auch noch — vielleicht sogar mehr als mich. (Katharina senkt den Blick zu Boden) Nein, Käthchen — lüge nicht — sieh — ich werde nicht etwa böse wie der Onkel Johann — ich ärgere mich durchaus nicht. —

Katharina.

Ach lieber Boris! — — ich bin doch wirklich zu dumm für Sie!

Boris.

Das nicht, liebes Käthchen — aber — wenn Du ihn mehr als mich liebst, Käthchen — weshalb hast Du mir das nicht offen gesagt. Man kann doch nicht Einen heirathen und den Andern lieben (bei Seite) soll auch schon dagewesen sein. (laut) Ah — Käthchen — das ist aber nicht hübsch von Dir!

Katharina.

Aber Boris — Sie selbst haben mir ja gesagt. —

Boris.

Ja — daß ich Dich liebe, mein Herzchen — das ist auch wirklich der Fall — aber eben deshalb will ich Dein Unglück nicht. (salbungsvoll) Wen man liebt — den muß man auch heirathen. Er ist Dir lieber — nimm ihn!

Katharina (weinend).

Ach Boris — wie unvernünftig bin ich!

Boris.

Ja — das bist Du — das bist Du mein Käthchen!

Katharina (weinend).

Ich weiß nicht, was ich thun soll!

Boris (sie streichelnd).

Ruhig, mein Kind — weine nicht mehr — fasse Dich. Man muß immer thun, was das Herz vorschreibt. Sagt es Dir — Du würdest mit Paul glücklicher sein — folge dieser Stimme — heirathe den Paul.

Katharina.

Ja — was werden die Onkel aber sagen? werden die es zugeben?

Boris.

Warum denn nicht?

Katharina.

Wenn sie es verbieten — werden wir ja nie getraut.

Boris.

O — darüber beruhige Dich — Du bist 18 Jahr alt — mündig — es kann Dir Niemnnd verbieten zu heirathen, wen Du willst.

Katharina (kniet nieder).

Und Sie, Boris — werden Sie mir denn verzeihen können?

Boris (hebt sie auf).

Nicht so — Käthchen — nicht so —

Katharina.

O — wie gütig sind Sie, Boris — wie edel! (fällt ihm um den Hals).

Boris.

Ja — ich bin mit mir zufrieden!

Katharina.

Wie gut sind Sie — und zuerst haben Sie mich so angefahren. —

Boris.

Mich hatte eine unangenehme Nachricht verstimmt. Weißt Du — wo meine Mutter ist?

Katharina.

Auch auf dem Kirchhof!

Boris.

Wenn sie zurückkehrt — sage ihr — sie soll gleich zu mir auf mein Zimmer kommen.

Katharina (ganz heiter).

Schön — ja!

Boris.

Aber erzähle Niemand, was wir hier gesprochen haben — hörst Du!

Katharina.

Ich thue Alles — was Sie mir befehlen.

Boris (für sich).

Jetzt rette sich wer kann! Wenn ich nur die Mutter erst von hier fortbringen könnte! Aber wie? — ihr Alles sagen — sie schwatzt — (plötzlichen Einfall) Ah — die Depesche! (ab links.)

Katharina (allein).

O — wie glücklich wird Paul sein. Früher weinte er vor Kummer — und jetzt kann er vor Freude weinen — wie ich. (weint)

Siebente Scene.

Katharina. Johann. Michael. Helene. Dorothea d. d. Mitte.

Johann.

Glückliche Jungfrau — wenn man sie ansieht — immer heult sie (geht zu Katharina) Nun Kathrinchen — weshalb weinst Du denn?

Katharina (wischt sich mit der Hand die Augen).

Es ist nichts — nur so. —

Helene.

Du hast immer noch kein Zutrauen zu uns — als ob wir Fremde wären.

Dorothea.

Ja — das seid Ihr auch! Viel Liebe hat sie nicht von Euch erlebt. Küsse mich, mein Herzchen — Du mein unvergleichliches Töchterchen. (küßt Katharina.)

Helene.

Ihre spitzen Worte lassen mich kalt.

Michael.

Sprich doch erst gar nicht mit ihr.

Dorothea.

Ja — das glaub' ich — die Wahrheit ist bitter. Von der Liebe reden versteht Ihr prächtig aber fühlen — keine Spur.

Helene.

Euer Söhnchen hat wohl viel Gefühl — wir weinten eben am Grabe des Verstorbenen — er war nicht da.

Dorothea.

Er ist ein Mann! Beten und Thränen vergießen, das ist unsre Pflicht — er arbeitet. Sie waren auch auf dem Kirchhof — aber in dem hellen Kleide.

Helene.

Meine Liebe — ich habe die Trauer im Herzen.

Dorothea.

Ja — ja — da haben Sie recht Ihr Herz ist schwarz.

Johann.

So hört doch endlich auf — was sind das für ewige Sticheleien.

Helene.

Sie reizt einen — man kann nicht anders.

Katharina (zu Dorothea).

Boris läßt Sie bitten zu ihm zu kommen.

Dorothea.

Was will er?

Katharina.

Ich weiß es nicht. Der Graf war hier — hat irgend eine unangenehme Nachricht mitgebracht.

(Johann und Michael wechseln einen Blick des Einverständnisses.)

Dorothea.

Eine unangenehme Nachricht — was kann das sein (schnell ab links).

Helene (zu Katharina).

Weißt Du was es ist?

Katharina.

Nein! (geht durch die Mitte ab.)

(Michael ist zu Johann getreten — hat ihm einen Kuß gegeben — geht dann auf und ab.)

Helene (zu Michael).

Weißt Du — was der Graf hier gewollt hat?

Michael.

Wenn es etwas wäre, was uns betrifft, so würde

Boris uns rufen — da er die Mutter ruft — ist es nichts.

Johann.

Lieber Bruder — da kennst Du ihn schlecht!

Helene.

Der Boris ist klüger wie Ihr!

Johann (sieht seinen Bruder lächelnd an).

Das werden wir ja sehn! Seine Speculation mit der Erbschaft war auch sehr sanguinisch.

Michael.

200,000 Rubel sind immer noch genug — besonders für den.

Johann.

Du Hellseher — denkst Du, daß der so solide ist, wie er sich stellt. Wenn er erst das Geld seiner Frau hat — so sieht die nicht einen Pfennig davon — denk an meine Worte.

Helene.

Ja — sagt nur — was geschähe denn — wenn jetzt Käthchen stürbe.

Johann.

Wie können Sie so etwas sagen! } zugleich.

Michael.

Aber Helene!

Helene.

Wir können ja Alle sterben! ich sage ja nur so.

Johann.

Wenn die Geschichte so gelänge — wie wir sie eingefädelt haben — Du sollst sehen — sie würde ihn vergessen.

Michael.

Daran zweifle ich keinen Augenblick (sieht daß Boris eintritt, leise zu Johann — indem er ihn anstößt) Pst!

Johann (mit Absicht laut).

Das Grab ist hübsch und unsers Bruders würdig — das thut meinem Herzen wohl. Wir werden in Zukunft auch für die Instandhaltung sorgen. —

Michael.

Ganz einverstanden, Brüderchen!

Boris (ist von links herangetreten).

Achte Scene.

Vorige. Boris.

Boris.

Lieber Onkel!

Johann (scheinbar überrascht).

Ah Boris — (sehr theilnehmend) ich höre der Landrath hat Dir unangenehme Nachrichten mitgebracht.

Boris.

Ja — es war Feuer bei uns.

Johann (heuchelnd).

Ah — was Du sagst! —

Michael.

Du Aermster — großes Feuer?

Boris.

Ich weiß noch nichts Onkelchen — ich habe nur das Telegramm erhalten!

Johann.

Ja — was wirst Du da anfangen. — Hast Du bei Dir einen zuverlässigen treuen Menschen?

Boris.

Wo giebt es die — heut zu Tage — fragen Sie hier den Onkel — der ist auch Gutsbesitzer.

Michael (auf und ab gehend).

Es giebt keine Menschen — giebt keine Menschen.

Johann.

Armer Boris — da wirst Du wohl gar selbst hin=
fahren müssen.

Michael

Ja — fahren Sie Boris — fahren Sie!

Johann.

Boris ist kein Kind — er wird selbst wissen, was er
zu thun hat.

Boris.

Ja Onkelchen — ich bin deshalb hergekommen — um mit
Ihnen zu sprechen. Ich möchte wohl reisen — aber — —

Johann.

Nun?

Boris.

Unverholen Onkel, mir scheint — Sie glauben bis
jetzt nicht, daß ich Katharina aufrichtig liebe.

Johann.

Wenn ich wahr sein soll, Boris — ich glaub's wirk=
lich nicht.

Boris.

Sie glauben auch daran nicht, daß Katharina mich liebt.

Johann.

Die Sache ging zu schnell bei Euch.

Michael (auf und ab gehend — hinten).

Ja — zu schnell — zu schnell.

Helene.

Ihr paßt gar nicht zu einander.

Boris

Ich hingegen glaube, daß Ihr Käthchen innig und
von Herzen lieb habt — und ihr Alles Gute wünscht.

Johann.

Ganz gewiß!

Michael. } zugleich.

Sicher.

Boris.

Nun — dann hört meinen Vorschlag. Ich werde, sobald es mir möglich ist, von hier abreisen. Es trennen uns dann von einander mehr als tausend Werst — bis ich Alles in Ordnung bringe, vergeht eine ziemliche Zeit. Wir können uns — Ihr könnt mich prüfen. Findet Ihr meine Liebe ächt, wie sie ist — bleibt Katharina mir treu — wie ich überzeugt bin — so denke ich, daß auch Eure Zweifel schwinden werden.

Johann.

Sehr gut — sehr gut!

Boris.

Aber ich fordre auch von Euch, daß Ihr meine Abwesenheit nicht dazu benutzet mir das Herz meines Mädchens zu entfremden.

Johann.

Bruder — wofür hält er uns!

Michael.

Auf uns kannst Du bauen.

Boris (reicht beiden die Hand).

Nun — ich danke Euch!

Johann.

Nun — mein Herzchen — wann fährst Du also ab?

Boris.

Ja — am liebsten so schnell wie möglich — aber. —

Johann.

Nun? — — Der Koffer ist doch gleich gepackt!

7*

Boris.

Das wäre das Wenigste — aber ich muß mir erst einiges Geld besorgen. Vielleicht finde ich statt des Hauses einen Schutthaufen.

Johann.

Ah — wer weiß, ob es so schlimm ist!

Boris.

Und dann die armen andern Abgebrannten — nein — mit leeren Händen geh' ich da nicht hin — ich muß mir unbedingt so etwa 5000 Rubel verschaffen.

Michael.

5000 Rubel?

Boris

Ich bitte Sie, denken Sie gar nicht, daß ich Sie darum angehen will — Sie trauen mir ja so wie so nichts Gutes zu.

Michael.

O — o — was wäre denn dabei — wenn Du uns bitten würdest — ein Stolz am unrechten Ort. (zu Johann) Was meinst Du Bruder — wir könnten ja von den 7000, die von der Brennerei abgeliefert sind. — —

Johann.

Die sind schon ausgegeben.

Michael.

Dann könnten wir ja vorschießen.

Boris.

Nein, Onkel — nein — wirklich es ist nicht möglich!

Michael.

Sei doch still!

Johann (zu Michael).

Ja — willst Du es auslegen?

Michael

Denkst Du — ich habe eine Banknotenpresse bei mir — mein Geld ist fort — Du könntest auch einmal in die Tasche fassen.

Johann (knurrend).

Es hilft nichts! (zu Boris) Sage, lieber Sohn — hast Du nicht vorläufig an 3000 genug?

Boris.

Nein, lieber Onkel — Ihnen macht es Umstände — ich treibe in einigen Tagen in der Nähe das Geld wohl auf.

Johann.

Nein — nein — das will ich nicht — ich werde Dir das Geld geben.

Michael.

Und ich sage gut dafür.

Boris (sieht nach der Uhr).

In zwei Stunden geht der nächste Zug ab —

Johann.

Bis zur Station fährst Du anderthalb Stunden. —

Boris.

Da komme ich gerade noch fort — (klingelt).

Michael.

Ja — da kommst Du gerade noch fort.

Boris (zum eintretenden Diener).

Gehen Sie zu meiner Mutter — sagen Sie ihr, daß wir sofort abreisen — ich ließe bitten sich bereit zu machen und lassen Sie anspannen! (Diener ab links).

Helene (bei Seite).

Die Alte reist ab — das ist ja reizend! Aber Ihr könnt nicht so fort — ich werde ein Frühstück besorgen.

Boris.

Dazu ist keine Zeit, Tantchen.

Michael.

Beforge nur, mein Herzchen — laß auch Champagner heraufbringen — damit wir anstoßen können (Helene ab d. b. M.).

Johann.

Und ich werde Dir das Geld holen (ab links).

Boris (zu Michael).

Aber lieber Onkel — ohne Quittung nehme ich das Geld auf keinen Fall (setzt sich links an den Schreibtisch) ich werde gleich schreiben (nimmt Feder u. Papier — bereitet sich zum Schreiben).

Michael.

Nöthig ist es nicht, aber wenn es Dich beruhigt! (Man sieht — wie die Diener auf der Veranda einen Tisch decken und zum Frühstück einrichten.)

Boris (sich umwendend).

Auf wie lange Onkelchen — auf ein Jahr?

Michael (lachend).

Komischer Kerl!

Boris.

Oder bis zu meiner Hochzeit mit Katharina?

Michael.

Ja — wie Du willst! (Boris schreibt — Johann tritt von links wieder ein.)

Michael (zu den Dienern — welche den Tisch decken).

Setzt nur einige Blumen auf den Tisch — so recht festlich — ich liebe das.

Boris (steht auf — Papier in der Hand — giebt es Johann).

Johann.

Hier ist das Geld, lieber Boris — zähle nach — 5000 Rubel (Papier betrachtend) — Was ist das? Ah — die Quittung (steckt sie ein) Schön — schön!

Boris (hat das Geld gezählt).

5000 Rubel (steckt es ein) ich danke Dir herzlich, Onkelchen! (athmet auf und schlägt sich vergnügt auf die Brusttasche — bei Seite) Ein Pflaster für mein wundes Herz!

Diener (meldend).

Der Wagen ist vorgefahren!

Boris.

Ich danke! Gehen Sie zu Fräulein Katharina — ich ließe bitten — daß sie herunterkommt (Diener ab).

Helene.

Es wird gleich Alles bereit sein.

Boris (küßt ihr die Hand).

Danke Tantchen aber die Zeit drängt.

Johann.

Noch eins Boris. Damit Du nicht ohne Andenken an den verstorbenen Bruder von hier scheidest — hatt' ich Dir seine Uhr zugedacht — aber da wir von dem Nach= laß noch nichts fortgeben dürfen — (indem er seine Uhr und schwere goldene Kette abnimmt). Hier hast Du vorläufig meine Uhr — ich nehme später die vom Bruder!

Helene (bei Seite).

Die ist mit Brillanten besetzt! (laut.) Das ist mir sehr lieb!

Boris.

Das ist zuviel lieber Onkel!

Michael.

Ich will nicht zurückstehen von mir sollst Du auch etwas haben — ich gebe Dir meinen Pelz — vorläufig brauche ich ihn nicht — und später nehm' ich den vom Bruder.

Johann (bei Seite).

Den schönen Zobel!

Michael (zum Diener).

Hole gleich meinen Pelz — auch die Pelzmütze dazu.

Boris.

Aber in dieser Jahreszeit lieber Onkel. —

Michael.

Du haft recht — ich schicke sie Dir nach.

Boris.

Nein — nein — ich lege ihn in den Wagen lieber Onkel — ich danke Dir! (küßt ihn.) Ihr seid so gütig gegen mich, daß ich es wage, noch eine Bitte auszusprechen. Katharina kommt — sie weiß nichts von meiner Abreise — bitte beruhigt sie — wenn ich fort bin.

Johann.

Jawohl!

Michael.

Gut!

}zugleich.

Boris.

Versprechen Sie mir auch, daß Sie ihr meine Briefe richtig übergeben wollen.

Johann.

Gewiß, lieber Boris!

Neunte Scene.

Vorige. Katharina.

Boris.

Käthchen — ich verreise heut.

Katharina (erschreckt).

Sie reisen?

Boris (zu den Andern).

Erlauben Sie mir einige Worte allein (nimmt Katharina bei der Hand und führt sie vor — vorn links).

Johann.

Wir stören Dich nicht! (Johann, Michael, Helene hinten rechts stehend und sich unterhaltend).

Boris.

Ich bleibe nicht lange Käthchen — sei nicht ängstlich

— ich habe mit ihnen gesprochen — sie werden Dich gut behandeln.

Katharina.

Ohne Sie Boris — bin ich hülflos.

Boris.

Wenn sie Dir irgend etwas anhaben wollen — sei recht dreist — sie können Dir nichts thun — und wenn sie Dich ärgern — oder Dir zu sehr zusetzen, schnüre Dein Bündel und geh — woher Du gekommen bist.

Katharina.

Kommen Sie nur bald zurück.

Boris.

Jawohl — ich komme. Leb wohl! (Hand gebend.)

Katharina.

Leben Sie wohl, Boris! — Gott beschütze Sie! (giebt ihm einen Kuß.)

Helene.

Sehn Sie nur — sie ist in ihn verliebt!

Zehnte Scene.

Vorige. Dorothea (von links).

Dorothea (im Reiseanzug).

Nun — jetzt könnt Ihr Euch freuen. Gott hat Euch geholfen — wir sind abgebrannt — und Ihr könnt Euch breit machen nach Herzenslust!

Johann.

Nehmen Sie sich ein Beispiel an Ihrem Sohn!

Boris.

Komm' laß uns fahren, liebe Mama!

Helene.

Das Frühstück wird sofort servirt!

Boris.

Nein — nein — wir verſäumen den Zug.

Dorothea.

Alſo leben Sie wohl — gedenken Sie meiner, wenn
Sie mit den Meſſern und Gabeln eſſen werden, welche
mir der Verſtorbene geſchenkt hat.

Johann.

Ja — im Traume geſchenkt!

Michael.

Geben wir ihr doch das Zeug — ſtopf ihr den Mund.

Johann.

Na — da packt das Silberzeug mit in den Wagen
— geht — holt die Kiſte. (Diener nach links ab — kommen mit
einem Kaſten voll Silberzeug wieder heraus — tragen es durch die Mitte ab.)

Dorothea.

Mein lieber guter Schwager! (umarmt und küßt Johann.)

Boris.

Auf Wiederſehn, Käthchen!

Michael.

Vorher noch anſtoßen! (Diener hat Champagner präſentirt —
Jeder nimmt ein Glas — ſie ſtoßen an.) Alſo auf glückliche Reiſe!

Johann.

Und baldige Wiederkehr!

Boris.

Abieu! Abieu! (Umarmungen allerſeits.) Komm Mama!
(Boris und Dorothea durch die Mitte ab — Alle begleiten ſie bis zum Ausgang,
winken ihnen nach.)

Helene.

Wie bin ich froh — daß dieſe alte Hexe fort iſt —
ſie iſt ſo unangenehm — ſo ordinär!

Michael.

Na Bruder Johann — endlich ſind wir frei — der
Controleur iſt fort.

Johann.

Und Du fängst sofort an Blödsinn zu schwatzen. Controleur — Controleur — Unsinn!

Michael.

Dir kann man es auch nie recht machen, Du hast immer zu zanken!

Katharina
(hat bis zuletzt hinten gestanden — kommt vor — weinend).

Er ist fort!

Johann (sieht Katharina weinen — in heftigem Ton).

Heulst Du schon wieder — geh' auf Dein Zimmer! (Katharina rechts ab.) In Gegenwart des Mädchens von Controleur zu sprechen! (schlägt sich vor die Stirn). Michael!

Michael.

Jetzt ist aber die Luft rein — laßt uns nun gemüthlich frühstücken.

Johann.

Das erste vernünftige Wort, was ich von Dir höre. (Diener haben den Tisch in die Mitte der Bühne getragen während der Abschiedsscene) setzen wir uns also! (Johann, Michael und Helene setzen sich an den Tisch — Diener serviren).

Helene.

Ich fühle mich so wohl — ich weiß gar nicht wie — wenn ich diese Alte sah — hatte ich gar keinen Appetit.

Michael (essend).

Ganz wie ich!

Johann.

Mir hat dieser aalglatte Heuchler — der Boris jede Minute vergällt.

Michael.

Nun — stoßen wir an — auf glückliche Nimmer-Wiederkehr! (stoßen an.)

Helene.

Man soll sich nicht über fremdes Unglück freuen, der Brand kam aber sehr gelegen.

Michael (verständnißvoll zu Johann.)

Ja Brüderchen!

Johann.

Auf glückliche Verwaltung! (stoßen an.)

Elfte Scene.

Vorige. Andreas.

Andreas.

Herr Oberst — draußen ist der Mann — der heut schon einmal hier war.

Johann.

Wir sitzen jetzt bei'm Frühstück!

Andreas.

Er kommt mit einer Botschaft von Boris.

Johann.

Von Boris? — laß ihn eintreten! (Andreas ab.) Was mag der wollen?

Michael.

Vielleicht etwas vergessen.

Zwölfte Scene.

Vorige. Paul. Andreas.

Johann (zum eintretenden Paul).

Was will er denn, mein junger Freund?

Paul.

Herr Oberst, auf dem Wege hierher begegnete ich Herrn Boris — er beauftragte mich, hierher zu eilen um zu sagen, daß ein wichtiger Brief des Herrn Landrath auf Ihrem Schreibtisch läge — entschuldigt sich, daß er bei der schleunigen Abreise denselben vergessen hat.

Johann.

Andreas hole den Brief! (zu Paul) Es ist gut — warten Sie draußen. (Paul Verbeugung ab. — Andreas kommt mit einem Brief von links und übergiebt denselben an Johann.)

Johann.

Meine Adresse — die Handschrift des Grafen — was kann das sein? (steht auf — setzt sich die Brille auf — öffnet den Brief — liest.) Was — — Was ist das! — — Das kann nicht sein — das ist nicht möglich!

Michael.

Nun Brüderchen — was ist denn?

Johann (wirft den Brief hin).

Da — lies — lies!

Michael (hebt den Brief auf).

Warum wirfst Du das so hin?

Johann (heftig).

Lies nur!

Andreas.

Hier ist die Quittung Herr Oberst über das Geschenk für die Dienerschaft.

Johann.

Hol' Euch der Teufel! (schlägt Andreas das Papier aus der Hand.) (Andreas geht ganz verwundert nach hinten.)

Helene.

Laut Michael — laut!

Michael (lesend).

Herr Oberst — es thut mir leid Ihnen eine unangenehme Nachricht mittheilen zu müssen. Da Sie als Vormund über das Vermögen des Verstorbenen eingesetzt sind und beim Gericht verschiedene Wechsel des Verstorbenen präsentirt sind, in Höhe von 196,000 Rubel — außerdem für Drainage die Forderung des Ingenieurs in Höhe von 25,000 Rubel. — —

Johann.

Genug. — genug — der Rest ist Nebensache!

Michael.

Das scheint unangenehm! (nimmt sich die Serviette ab, die er vorgesteckt hatte.)

Johann (laut und empört).

Unangenehm? Allmächtiger — womit hat dieser Mensch Deinen Zorn auf sich geladen, daß Du ihm jeden Funken von Verstand raubst!

Michael.

Aber Bruder Johann?

Johann.

Unangenehm? Alles in Allem sind kaum 200,000 Rubel übrig geblieben und hier sind Wechsel über 200,000 Rubel. Begreifst Du denn nicht — daß auf diese Weise der Bruder Nichts hinterließ. — Nichts — Nichts — als Schulden! — Wenn ein Thier fällt — so bleibt doch wenigstens das Fell — hier Nichts!

Helene.

Mon dieu! Mon dieu!

Michael.

Unangenehm!

Johann.

Von jeher habe ich den Bruder Wilhelm für einen wahnsinnigen Verschwender gehalten, aber daß er in 9 Jahren 400,000 Rubel verputzen konnte, das ist zuviel! Spielte den Landwirth — legte Entwässerungsröhren — trocknete Sümpfe aus — o diese hirnlose Handlungsweise! Hat er nicht Feld genug gehabt zu säen und zu ernten — nein, die Sümpfe mußte er dazu haben.

Warum hat er nicht lieber das kaspische Meer ausge=
trocknet!

Michael (hat die Quittung aufgenommen).

Was ist denn das andere Papier?

Johann.

Das ist die Idee eines andern klugen Mannes —
des Herrn Michael — er hatte die Gnade den Dienern
einen jährlichen Gehalt zu schenken. Herr Gott — und
auch noch 5000 Rubel dem Boris — das ist Alles Dein
Werk!

Michael (ruhig).

Ja — wie es scheint — hat er uns betrogen!

Johann.

Barmherziger Gott — endlich wird es hell — er
fängt an zu verstehen!

Michael.

Gleich nach ihm schicken, er soll zurück!

Johann.

Ja — schicke nur — der hat nicht Deinen hohlen
Schädel. Du hast gut gesagt für die 5000 Rubel —
habe auch die Gnade sie zu bezahlen.

Michael.

Ich habe nichts!

Johann.

Gott hat mich mit Brüdern gesegnet! 5000 mit eigenen
Händen — und die Uhr zum Andenken an den ver=
blichenen Krösus. —

Michael.

Und mein Pelz. —

Helene (welche händeringend auf dem Sopha lag).

Ach und das schöne Silberzeug!

Dreizehnte Scene.

Vorige. Katharina von rechts.

Johann.

Ah — da ist ja noch ein Erbstück! — komm her — hat Boris in Deiner Gegenwart den Brief vom Grafen erhalten!

Katharina.

Nein!

Helene.

Lüge nicht — er hat Dich ebenso betrogen wie uns — nie wird er Dich heirathen — nie — nie!

Katharina (ruhig).

Das weiß ich.

Helene.

Du weißt es?

Michael. ⎱ zugleich.

Was denn?

Katharina.

Boris sagte mir selbst heute — Käthchen sagte er — wenn Du den Paul liebst — so heirathe den Paul — und er verzieh mir, Tautchen!

Helene.

Nenne mich nicht Tautchen.

Katharina.

O — ich sehe, daß ich nicht her gehöre — bitte lassen Sie mich zurückkehren.

Johann.

Wohin Du willst — mach, daß Du fortkommst!

Katharina (zu Helene).

Ich werde Alles zurücklassen, was Sie mir geschenkt haben. (Geht in den Hintergrund, Paul tritt auf, sie sprechen leise zusammen.)

Andreas (mit Flasche).

Befehlen Sie noch Champagner?

Johann (auf Michael zeigend).

Da steht der Gastronom — den fragt!

Michael.

Lieber Bruder Johann!

Johann.

Du hast durch Deine Wuth, immer Geld vorzuschießen, mich in Schaden gebracht.

Michael.

Du hast mich in Schaden gebracht.

Johann.

Schweig! — von jeher warst Du eine Schlafmütze!

Michael.

Und Du ein Grobian!

Johann.

Wollen wir uns darüber nicht streiten. Merke Dir nur, was ich Dir sage — wenn wir aus dem Waggon steigen — kennen wir uns nicht mehr!

Michael.

Einverstanden!

Johann.

Von dem Augenblick an vergiß, daß Du einen Bruder Johann hast.

Michael.

Herzlich gern!

Johann.

Und begegnen wir uns in Petersburg auf der Straße. —

Michael.

Ich grüße Dich nicht!

Johann.

Und ich gehe auf die andere Seite — Du Erbschleicher!

8

Michael.

Du Rabe!

Helene.

Mon dieu! — mon dieu! (hält sich das Taschentuch vor's Gesicht).

Vierzehnte Scene.

Vorige. Graf Liutin.

Graf Liutin.

Guten Morgen, meine Herren — Sie haben meinen
Brief jedenfalls erhalten?

Johann.

Ja — ich danke!

Graf Liutin.

Sie. werden daraus ersehen haben. —

Johann.

Bitte — sparen Sie alle Worte, Herr Graf — es
ist unerhört, so betrogen zu werden von einem Bruder!

Michael.

Noch dazu von einem seligen Bruder!

Johann.

Die nicht seligen sind eben so schlimm!

Graf Liutin.

Aber Herr Oberst!

Johann.

Ich bin fertig — ich will nichts mehr hören und
wissen — aber das sage ich die Vormundschaft nehme ich
nicht an.

Michael.

Ich auch nicht!

Graf Liutin.

Aber meine Herren. —

Johann.

Nein — nein — nein! (mit Hohn) Da steht ja die glück=liche Erbin — bitte, Herr Graf — wenden Sie sich an das gnädige Fräulein — sie mag über Alles disponiren — ich reise ab. Empfehle mich! (ab links)

Michael (der mit Helene gesprochen).

Wir reisen auch. Empfehle mich, Herr Graf! (ab m. Helene)

Katharina
(die mit Paul im Hintergrunde stand und leise mit ihm sprach).

Laß uns auch gehen, Paul!

Graf Liutin.

Fräulein Katharina — auf ein Wort — ich habe eine freudige Nachricht für Sie. So eben erfahre ich, daß der größte Theil der Wechsel schon gedeckt ist.

Katharina (sieht ihn groß an).

Davon verstehe ich nichts — lassen Sie mich, bitte, gehen — (will gehen).

Graf Liutin (sie bei der Hand haltend).

Nein — nein — nachdem ich Alles übersehen, kann ich Ihnen sagen, daß Ihre Erbschaft doch beinahe 50,000 Rubel beträgt.

Paul.

O weh — da kann ich wieder gehen! (will fort)

Katharina (ängstlich).

Paul — Paul!

Paul.

Ich merke schon — Du wirst wieder Prinzessin.

Katharina (ihn zurückhaltend).

Nein — nein — ich will nichts haben — nichts erben, Herr Graf — ich will nur den Paul — Du bleibst hier.

Graf Liutin.

Mein liebes Kind — Sie haben Ihre 50,000 Rubel und den Paul können Sie ja dazu nehmen.

Katharina.

Wahrhaftig? Hast Du gehört — ich nehme die Erb= schaft nur wenn Du bei mir bleibst.

Paul (umarmt und küßt sie).

Katharina!

Graf Liutin.

Doch ein Paar glückliche Menschen!

(Der Vorhang fällt.)